慾之華

阜京九 著

奴隸是慾望壓倒理性的人。

——亞里斯多德

目次

咖
哩

一

我深愛的男人名叫康陽，他是我所見過，最溫柔、最善良的男人了。

認識他，是在大學迎新典禮前。當時，我剛搬到學校附近，對這裡的環境還不了解，一直找不到活動的確切位置。

「大勇樓？到底在哪裡？」我匆忙地在校園裡前前後後尋找。

就在那個時候，我看見了他；也和我一樣，有著第一次離鄉背井的害怕與焦慮。他穿著米色的襯衫、土色的長褲，打扮一點都不起眼。說實話，我對穿著一直都不講究，儘管搬到大城市裡，也不曾改變。只是，四周突然被光鮮亮麗的城市人包圍，我簡單耐穿的直筒牛仔褲，卻顯得不合時宜了。可能也是如此，當我見到康陽那刻，反而感覺熟悉。

我下意識地過去打招呼，問他是不是和我一樣迷路了。

這個舉動好像嚇到他似的，他只是望向我，漠然地點點頭。一直到後來，康陽才告訴我，要不是那天我叫住他，他可能早就拖著行李回老家去了。儘管這麼說可能有些誇張，但康陽確實非常不習慣離家生活。

他總是告訴我，這些人不懂他在想什麼；雖然說實話，我也經常搞不懂他在想什麼。

康陽是個絕頂聰明的人，這點無庸置疑。他能夠輕易記下所有讀過的文章，包含教科書、小說、報章雜誌等等，對看過的東西可以說是過目不忘。這個優點在課堂報告時，更是吃香。記得大一時，他在新生基礎學程「一般民事訴訟」報告中，一面解析案件一面隨口列舉出數個中外相關文獻，讓指導教授與助教眼睛為之一亮，教授甚至大力稱讚他有超乎研究生的水準。

雖然早就知道，他對於法律有超乎常人的熱忱，但現場看他如數家珍地解析各派學者的見解，還是覺得佩服。

對我來說，當初選填大學志願時，完全是抱著「可以考上哪裡就讀哪裡」的心情，進入法學院也只是分發的結果，與我自己的興趣喜好完全無關。但對康陽來說，就讀法學系是他從小到大唯一的夢想。

他告訴我，他的父親是名非常優秀的律師，靠著洞察人心的判斷，以及對蛛絲馬跡的觀察，數次伸張正義，為弱勢發聲，聲名遠播。在某次為低收入戶家庭，向黑心雇主索賠工作傷害勝訴的案子，甚至獲得鄉里頒發的「傑出楷模」匾額。

「那塊匾額從我有記憶以來便存在了，可是父親卻早就離開了。」

康陽說，父親的意外發生在他還是嬰兒的時候，因此他對父親的記憶，全是透過母親的口中轉述的。他說，父親是個大公大義的人，和一般視財如命的冷血律師不同。父親的辯護能力非常高明，往往能在微小的細節中，找到最關鍵的證據。然而，父親一生只接辦合乎正義的案子。有些作奸犯科的人慕名而來，想請父親幫忙辯護，反而只會被他掃地出門。還有幾次，因為委託人來自窮苦的家庭，父親甚至不惜減價，或是無償為對方辯護，只為了公理正義。

康陽提到父親、提到律師的工作，經常表現得熱血沸騰。

「就讀法律是我唯一知道，更接近父親的方法了。」當我聽到他這麼說，同在法律系的我總是覺得汗顏。

康陽在課業上的表現一直是名列前茅，不，確切來說，一直是全系第一名。他沒有什麼不良嗜好，不愛出門，也不亂花錢。唯一值得抱怨的，也許就是每隔兩三週，他一定會安排時間回家一趟，一次便待上個三五天，連課程偶爾都會錯過。每次從台南回來，他都會帶著幾道母親的家常菜，還有特製的咖哩。他總是說，想家的時候，吃媽媽做的菜，心情特別好。

有時候，我也會和他一起品嚐他母親的手藝。像是紅燒肉，或是糖醋排骨，都做得極為用心，跟一流的館子不相上下。但那一盒特製的咖哩，我從來沒有吃過。

康陽說他小時候身體很虛，由於母親是護士，與醫界的關係極好，尋遍了各地名中醫，為他的體質特別配了一帖藥。但他年紀小不肯乖乖吃藥，直到母親把藥材煮進咖哩裡，他才肯吃。久而久之他也就吃慣了，到現在每次母親都會煮給他補補身體，偶爾一陣子不吃，反而還會想念咖哩的滋味。

他和母親關係親近自然很好，只是有時候課業繁重，兩個人可以相處的時間已經很少，休假日他又經常回家，根本沒有辦法好好約會。台北與台南一趟車來回坐下來，也要花上大半天的時間。

每當我向他抱怨這些，他總是會一板正經地跟我說，他從小是由母親獨自帶大，如今他在台北，老家裡也只有母親一個人了，如果有時間還不回家陪伴她，怎麼還算得上是個兒子。

聽他這麼說，我也沒什麼好反駁的，畢竟一個孝順的男朋友，還是比起六親不認的男人要好得多了。記得有一次，我調皮地說，怎麼沒想過帶我回去見婆婆呀！康陽竟然沉默了好久好久；我原本只是隨口說說，沒想到他卻非比尋常地認真。

「再過一陣子吧！」他認真的樣子，讓我再也不敢開這個玩笑了。

倒是有次，我趁家裡人來學校找我晚餐的機會，帶康陽和我爸媽碰過一次面。那次康陽非常緊張，他告訴我，這是他第一次感覺驚慌失措。說實話，每次在課堂上，總是看見他對課程一副胸有成竹的樣子，心中時常感覺忿忿不平；這次他被嚇壞了的模樣，在我眼中看來倒是相當可愛了。

我和康陽在一起也將要三年了，他對我真的很好。這麼長的時間以來，他從來不曾對我發過脾氣，甚至連大聲說話也沒有過。他的溫和，有時候讓我覺得備受寵愛，但有時候不免覺得他沒有主見，有種太過分依賴的感覺。

這麼說好了，我剛認識他的時候，覺得這個人怪極了。他頭腦靈光，在課堂上表現傑出，不只教授對他刮目相看，連同學也對他極為佩服。面對各種隨堂考、期中考、期末考，他就像是系上的小老師一樣，可以精準地幫大家複習重點，解析考題，就連一開始跟不上進度的我，都在他的講解中逐漸釐清法學的內涵。這樣的他，可以在討論單一案件時，輕易列舉出各種相關情境與適用法條的他，卻對生活中的許多小事一竅不通。

印象深刻的某一次，是大一上學期開學後一個禮拜吧！我們修同一門課，因緣際會下被分在同一組，也因此有很多相處的機會。那天中午剛上完通識課，我走在校園外的街道上，想買一杯飲料來喝。遠遠地就看見他站在馬路邊，有點不知所措的樣子。我不自主地走了過去，叫了他一聲。他好像很驚訝我在路上認出他來，兩眼瞪著我，卻沒有表情。

「在這幹嘛？」我發問。

康陽搔搔頭，一臉不好意思地傻笑。他笑起來的時候，眼尾瞇出好幾道魚尾紋，唇間露出淨白的兩顆虎牙。也許就是那一瞬間開始，我不自覺地為他著迷。

「我想寄信。」

「那還不容易，我看看。」我也不知道哪裡來的念頭，竟一把搶過他的信來。

「感覺應該沒有超重，貼個五塊錢郵票就行了。」我就這麼領著他進郵局、抽號碼牌、買郵票、貼好之後幫他投入郵筒裡。

「都什麼年代了給誰寄信呀！」我故意對他這麼說，「該不會是給女朋友的情書吧！」

「我哪有女朋友呀！」康陽一板正經地說，「是給我媽的，想說第一次離家那麼久，寫封信跟她報平安。」

「報平安也不必寫信吧！」我有點吃驚地問了，「打通電話不就行了？」

「我打了呀！只是昨天半夜天氣熱，在宿舍怎麼樣也睡不著，突然很想念我媽。她呀，在夏天都會煮綠豆湯放在冰箱，太熱的時候喝一碗，很容易就睡著了。但那時是大半夜的，給我媽打電話似乎太過分了，左右也睡不著，索性便寫了封信給她，我想她應該會喜歡的。」

竟然是為了這個原因才寫信，不禁讓我覺得康陽十分可愛，索性也順著他的話說了下去。

「你也喜歡綠豆湯呀！我正打算週末來煮，不然下次上課的時候，我帶一碗給你吧！」當然，我原本沒有這個計畫的。

「這樣，真的呀！」

我看得出來康陽很高興。他在課堂之外，不是特別會說話的人，也不擅長掩飾自己的情緒。那天我又和他多聊了幾句，連下午第一節課都差點遲到了。

隨著我們相處的時間越長，我便越是覺得他可愛。

比方說認識的第一年，我生日的時候，他堅持非要帶我出去玩一整天，好好慶祝一下。他一反往常，堅持要為當天安排行程，我也就依著他。約好見面當天是早上十點，我從宿舍走下樓時，從窗戶邊往下瞧就看見他。一樣是一身素樸的衣服，揹了一個很大的背包，斜揹著水壺，外表看似要去遠足的樣子。但他的表情很焦慮，在門外來回踱步。當我開門出去，他一見我便呆站著了，直瞪著我笑。

看著他傻笑的模樣，我便發自內心地笑出聲音來，而他則是歪著頭看著我，絲毫不知道發生了什麼事情。

也是那時我才知道，他打算帶我去動物園玩。對大部分的人來說，第一次約會去動物園實在不是首選。一來是夏天園區裡很熱。二來園區很大，光是走路就要耗上大半天時間。三來放眼望去，都是動物和小孩，實在沒有浪漫情趣可言。但巧的是，我小時候有一段時間隨著爺爺奶奶住在鄉下，幫老人家趕牛、餵雞，偶爾隨鄰居的小孩去抓泥鰍、追野兔，過著愜意自在的田野生活。我也自此對觀察動物有濃厚的興趣，當他說要去動物園的時候，我反而更期待這場約會了。

我的確也過了一個非常開心的生日。

從學校搭一班公車就能到動物園，一進到動物園裡，康陽竟從背包裡拿出陽傘來。他說夏天太陽太大，怕我曬得不舒服，堅持要幫我撐傘。一個女孩子怕曬傷，撐把陽傘在路上並不稀奇，但一個大男人居然想得到幫女孩子準備陽傘，尤其又是像康陽這種傻大個，著實讓我吃驚。

一路上，他對園區的分布、動物的位置都一清二楚，甚至還可以隨口說出某些動物的原產地與生活習慣。後來我才知道，他在幾天前特意自己先來過一遍，深怕要是對園區不熟悉，會讓我逛得不盡興。而那些動物的資料，他則不是刻意背下來的，只是因為他記性特好，看過便不會忘記。

在他的背包裡，放了各式各樣的零食、飲料。他說他在商店裡，不知道我喜歡吃什麼，就只能胡亂挑選，最後買了太多，連背包都差點裝不下。那天因為天氣熱，洋芋片和米果等等的餅乾，我沒有吃太多，反倒是多吃了幾條巧克力。康陽也因此知道，我特別喜歡巧克力。

他的體貼在這些小細節上，表現得一覽無遺。除了前幾次約會，對彼此的了解還不深以外，隨著我們相處的時間越多，他能將我的各種喜好都牢牢記住。我喜歡巧克力，討厭魷魚絲。吃麵食多過於米飯，喜歡七分熟的牛排、韭菜口味的水餃、火鍋裡的燕餃和魚丸。討厭蘑菇醬、花生粉、青江菜；飲料喜歡喝茶，烏龍茶最好，每次喝咖啡胃都會不太舒服，喝氣泡類飲料容易脹氣。

總之舉凡我的喜好，無論是有意或無意之間透露出來的，他都記得一清二楚，甚至有時候比我還要了解自己。

那天下午，他陪我在動物園河馬的水池邊站了有半小時之久，只因為我想看河馬從水裡走上來。他一點都沒有不耐煩，反而一直問我要不要多喝點水，深怕我會中暑。

一整天下來，他從來沒有把陽傘從我頭上拿開過。

在那之後不久，我們兩個人在一起了。和一般情侶沒什麼不同，一樣約會，一樣吃飯，一樣分享心底的祕密；但不同的是，他對我無與倫比地溫柔，儘管我有時候脾氣很倔，他卻從來不曾發過脾氣。如果非要我說一個，在印象中僅有的一次不愉快，就是近兩個禮拜前，他剛從老家回來的時候。

雖然明知道不是針對我，但有好幾天的時間，他說想要自己靜一靜，也不跟我聯絡。

我感覺得出來他心情很差，卻不願意跟我多說什麼。認識他三年以來，從沒見過他變成這樣，讓我不得不擔心。儘管後來，他試著打起精神來，我還是可以感覺到，他有那麼一點點不同。

脾氣似乎急躁了一點，和之前很溫和、慢條斯理的模樣有些出入；雖然他依舊沒有改變對我的態度，但卻隱隱可以感覺到他的躁動。

雖然不知道發生了什麼事，他也不肯說，但我想，可能和他母親有關吧！面對這樣的他，我既是心疼，卻又有點氣憤：心疼他這趟回家，到底發生了什麼事情；氣憤他和我在一起快三年，心裡藏著不開心的事情，居然不肯告訴我。

好吧！今天來為他做頓晚餐，好好跟他談談吧！

不知不覺間，我已經變得離不開他了。

我可以輕易感覺到他的情緒，也許是因為，他在生活上非常依賴我。

他絕頂聰明，是我這輩子遇過最聰明的人了，但這麼聰明的人，對生活上的小事居然一竅不通。康陽從大一上學期開始，便自己在學校附近租房子住，似乎是因為他不喜歡和別人住在一起。慶幸如此，我們經常有機會，在課餘時間窩在他的住所休息。

記得第一次去康陽的住所的時候，一開門有一股隱晦的臭味傳出來。儘管看得出來，康陽有試著整理過屋子，但他笨拙的手腳，與他聰明的腦袋好像搭不上邊。

「這怎麼擺在這邊？」我一進門像是糾察隊一樣，環顧四周環境。「這個被單也太潮了吧！你都沒有趁大太陽的天氣出去曬一曬。還有這個，衣櫃裡也沒有放除濕劑，到時候要是衣服都發霉就沒救了。」

康陽只是滿臉歉意，靜靜地聽我糾正他。

直到後來，我才知道他連洗衣機都不太會用，有些衣服只是用水簡單手洗過，連脫水都沒有，難怪那麼潮濕。

那段時間，我一項一項地教他，像是在教孩子一樣，教會他怎麼洗衣服、曬衣服、燙衣服、摺衣服；教他怎麼使用微波爐，教他曬被單，還有教他打掃廁所。有時候康陽還是會出錯，像是某次錯估了洗衣精的用量，弄得整台機器冒出滿滿的泡泡。犯錯後，他總是無辜地看著我傻笑，想對他生氣，不知怎麼卻發不出脾氣。

久而久之，我習慣一旦有空，就回他的住所幫忙整理環境，省得康陽笨手笨腳。我其實很喜歡這樣的關係，康陽在外頭對我呵護備至，簡直當作公主疼愛了，而在家裡又像是個孩子一樣，不時會對我撒嬌、時時需要我照顧他的生活起居。

但隨著在一起的時間越來越久，這種原本甜蜜的依賴，卻逐步擴大到生活的各種細節裡。康陽生活裡的瑣碎小事，開始需要我來幫忙下決定。

比較基本的，像是該買什麼家用品、修什麼課程、買什麼衣服。細節一些的事情，像是每一餐該吃什麼、要買哪個牌子的筆，或甚至，該選什麼花紋的毛巾。

我感覺得出來，他很想要知道我的意見，想知道我的喜好，想做我覺得對的事情。但這樣的相處太過黏膩，著實讓我不太自在。有幾次，我試著告訴他，請他自己做決定就好。他並沒有不高興，只是有些失落，像是做錯事的孩子一樣低著頭，我竟也覺得很心疼。後來沒辦法，我只好都依著他，他問我什麼，我儘管就隨興選一個便是。

我曾和我的好朋友，同樣也是系上的同學子伶，抱怨過類似的事情。

「妳不覺得，康陽這樣太依賴我了嗎？」和康陽在一起快要滿一年的時候，我趁某次下午茶的機會向子伶說了。

「好像真的是這樣，」子伶當時一面吃著鬆餅，「可是他有質疑過妳的決定嗎？像是說明明要妳做決定，最後卻怪妳之類的？」

「沒有，從來沒有，他只有要我做決定而已。」我想了一想，「應該說，他很重視我的決定，無論他喜不喜歡，只要我決定了他就會同意。」

「他有對妳發過脾氣嗎？」

「沒有，從來沒有。」

「那他會很懶惰嗎？像是非要妳幫他整理房間？」

「也沒有，」我仔細想了一下，「要他自己做也是可以，但別看他頭腦精明，一做起家事來笨手笨腳的，我一隻手做起來都比他還快，所以常常都是我忍不住，才把工作搶過來做。」

「他挑食嗎？跟他約會囉嗦嗎？」

「這也不會，」我又想了一下，「這點不得不說，他對我的喜好瞭若指掌。我喜歡吃什麼、不吃什麼，我只要告訴他一遍，從來就沒有出錯過。」

「那他有跟妳要求過什麼東西嗎？錢？或是，或是，那個，要跟妳那個。」

「妳認真的嗎？」我突然紅了臉，「這和那個到底有什麼關係呀？」

「哈哈，沒有啦，我也是隨口說說。我只是覺得很奇怪，他也不對妳發脾氣，也不曾質疑妳的意見，甚至什麼都依著妳，天底下哪有這麼好的男人，就算有，媽呀怎麼不是讓我遇上。」

「妳這是在說什麼啦！就是因為這樣我才覺得心煩呀！」

而我們還沒多聊幾句，我立刻就接到康陽的電話。十分鐘後回到座位上，子伶笑盈盈地看著我。

「什麼嘛，根本沒什麼好擔心的，妳們根本好得很呀！」

「妳知道他打來做什麼嗎？」我好沒氣地說，「他剛問我該買什麼顏色的牙刷。」

接下來的時間裡，子伶開始和我討論起他的優點，體貼、有耐心、好脾氣等等，試著說服我，這一切都算正常，要我別想太多。

儘管我內心深處仍有些許的不安，但康陽的溫柔一再讓我沉溺。

轉眼到這週末，就要和他在一起滿三週年了。我知道他這幾天情緒不是很好，昨天課堂報告，原本條理清晰的他，竟也舉錯了幾場案子實例，連我在台下都替他捏了一把冷汗。下課以後我想關心他的狀況，他卻告訴我他太累了，想要回去睡一會兒，拿著書包轉身就走了。直到今天，只有在早上傳了訊息過來，今天他要在圖書館待著查資料，晚上才會回家。

我沒有多問什麼，我知道康陽是一個忠誠的戀人，我從來不曾懷疑過他的行程，只是暗自覺得難過：這幾天下來，甚至不知道他食慾如何、有沒有睡好。

帶著下午剛採買好的食材，回到他的住所。這兩天爸媽突然要大掃除，我只得回家幫忙，沒有過來找他。原本以為前天剛整理過，應該不會太亂才是。

但沒想到一進家門，我就被眼前的情景嚇到了。

康陽雖然不擅長整理房子，但也不至於是一個生活習慣不好的人，但此時我看見的，康陽的衣服、書籍、文具、鞋子散落一地，房間被翻箱倒櫃，難道是康陽情緒失控？完全不是我記憶中溫柔規矩的康陽會做的事情！

今天一定要知道康陽發生了什麼事情！我在心中暗自下定決心。

房間雖然亂，但照我這陣子整理的經驗看來，仍不算太過困難。從頭到尾大概花了我一個半小時的時間，房間便回到之前的模樣了，雖然我還是在心中暗自咒罵：死康陽呀康陽，這次你心情不好，我就忍下了，等你好起來，看看你要怎麼回報我。

晚餐我打算要烤馬鈴薯和蘋果派，然後煮一鍋咖哩。

也不知道這個念頭是怎麼生出來的，可能每次看見康陽充滿期待地回家吃母親的咖哩，心裡都有一絲絲的嫉妒吧！我就不信，我煮的咖哩飯會差勁到哪裡去。準備食材的同時，我也把康陽的小冰箱重新整理了一遍。

從母親那邊帶回來的食物大致都吃完了，一些餅乾和飲料雜亂地放在裡頭，有一部分被我重新封口，另一部分被我扔進垃圾桶裡了。

放在最角落的保鮮盒裡，是他從家鄉帶回來的咖哩。大概只剩下五分之一的份量，裝在寬大的盒子裡顯得相當突兀。我在整理之餘，順手把它拿出來，打開來看一眼。

一股臭味撲鼻而來，這盒咖哩早就已經發霉，醬料上長出一層暗綠的細毛，令人作嘔。我以最快的速度，將壞掉的咖哩丟棄，將保鮮盒裡裡外外刷洗了三遍，直到確定一切都清洗乾淨。

……

……

讓我好好照顧你。

我會為你，煮一輩子的咖哩。

心頭這樣想著，康陽的笑容浮現，像小太陽。

二

我深愛我的母親，她是這個世界上唯一，全心全意只為我好的人。

小時候，我知道自己的家庭和一般人並不相同。父親在我很小的時候就過世了，只有母親一個人和我相依為命。她白天要上班，晚上回家還要照顧我，儘管如此，她可從來沒有抱怨過什麼。

從我有記憶以來，她對我的照顧無所不至。以一個有正職工作的職業婦女來說，光是接送孩子上下學這種瑣事，都足夠讓她頭疼了。可是我的母親不一樣，她寧可放棄自己所有的休息時間，也要為我打點所有的事情。

我開始上學起，每天早午晚三餐，都是母親親自下廚烹煮。她常常告訴我，外面的食物在製作過程中，不知道會添加什麼化學香料，或太油或太鹹。也因為母親是護士的關係，更注重身體健康。她最常說的話就是，只要我好好讀書，將來一定可以成為和父親一樣優秀的律師。

我從沒見過我的父親，所有關於他的故事，都是由母親轉述給我聽的。母親告訴我，我的父親是這個世界上，最聰明、無私、盡職而優秀的律師，也是這個世界上最愛她的男人。

小時候的我，聽到這句話都會忍不住反駁，不是，才不是，媽媽！我才是這個世界上最愛妳的人！

這種時候她總是笑著，然後緊緊地把我抱在懷裡，她說，寶貝，我知道，媽媽也是世界上最愛你的人。每當這個時候，我都覺得世界上最幸福的事情就是這樣了吧！我擁有世界上最珍貴的愛！儘管生長在一個單親家庭，母親依舊用盡她全部的愛，讓我的童年充滿溫暖。她對我的關懷表現在每一個細節裡，舉例說明，每當新學期開始，母親最在意的一件事情，就是哪一天是懇親日；她無論如何都會排出假來，到學校來參加活動。一直到我年紀漸長，我才明白她這麼做，是為了不讓我被別的同學看笑話。又或者，母親總是親自清洗我的衣服，儘管我的家庭並不富裕，她依舊盡可能滿足我的物質生活。同學間在流行什麼、大家喜歡穿什麼，母親從不吝嗇於這些開銷，她讓我隨時享受最新的玩具，穿整齊乾淨的衣服。她常常說，賺錢再如何辛苦，也是為了我唯一的寶貝兒子。

說實話，有時候我也感覺困惑，希望媽媽可以多休息一點。她大可以讓我像其他人一樣，每天早上在早餐店排隊買早餐，自己上學放學，吃學校的營養午餐，……但她通通不肯。

儘管每天必須提早起床，或是在我睡著之後才處理工作的事情，但她甘之如飴。我愛她，而她更愛我，而且是無所求的愛，讓我覺得無以為報。

每當我這麼想的時候，她總是告訴我，如果想要回報媽媽，那就更應該認真上進，好好讀書，才能變成和父親一樣優秀的人。這些話，開始慢慢在我的腦海生根、茁壯，在不知不覺間，當一名優秀的律師成為我的人生目的。我也不記得，一開始是為了討好母親，還是我自己的自覺，從國小我就熱愛閱讀和法律相關的課外讀物，甚至默默記下某些法條與刑責。

印象很深刻的一次，是某次週末早晨陪母親上市場買菜。那時候我應該是四或五年級，我們在市場前的紅綠燈前停下來等待，一個冒失的男子騎乘機車，眼見路上沒有車，就直接闖了紅燈過去。

母親機會教育，告訴我這樣亂闖紅燈是不對的。那時候，我突然想起自己讀過的一本書，我告訴母親，我知道，這樣違反交通管理處罰條例，要罰款一千八百元。

我永遠無法忘記那個時候，母親看著我的眼神：欣喜若狂、溫柔而驕傲，她緊緊抱著我，在我耳邊說，你好棒，你是媽媽的驕傲，媽媽好愛你。

那是我聽過最美好的詞語了。為了回報母親，我只能盡我所能，閱讀更多的書籍，理解並背誦更多的法條，讓她以我為榮。

這便是我的童年，被滿滿的愛所包覆。小時候的我最期待的兩件事情：一是每個週末下午，在家等待母親為我煮咖哩；二是每年寒暑假，母親帶我去動物園玩。

母親告訴我，以前我的身體並不好，時常著涼感冒，她求了很多名醫都沒有結果。所幸仰賴她在醫界的人脈，終於求得一帖中藥藥方，可以強健體魄。但我年紀太小，不肯乖乖喝藥，母親靈機一動，便把藥材煮進咖哩裡面，讓我吃下。時間一長，我已經習慣於母親特製的咖哩，變得幾乎每個禮拜都得嚐一遍。一道好吃的咖哩，必須花很多時間將洋蔥煮爛，將紅蘿蔔燉透。週末下午我在家裡，看著媽媽炒菜的背影，忍不住催促母親，到底什麼時候咖哩會煮好？什麼時候可以開飯？母親總是會笑著說，快了快了，再到爸爸的書架上，把他的書拿出來，我們一起來破案吧！

她帶著我讀爸爸收藏的，關於法律的書，教我記得某些法條的意思。偶爾，她會說一些精彩的犯罪故事，可能也是從爸爸的藏書中讀到的；她講解故事，然後讓我當法官，判定主角有沒有罪。我喜歡這個遊戲，這讓我感覺自己被母親關注，同時又更接近父親一些。

我們週末下午一同遊戲，然後在晚餐吃豐盛的咖哩大餐。我會趁那個時候，跟母親分享一整個禮拜發生的事情；我交了什麼朋友、做了什麼功課、老師教了什麼課程，總之只要是我能想像得到的，我都會告訴母親。而母親也總是對我的故事充滿好奇，無論是多麼枝微末節的小事情，都能讓她興趣盎然，彷彿她只是為我而活一樣，想知道我生活的每一個細節。

有時候，母親也會向我說一些父親的故事，她說剛認識父親的時候，她還是一個在台北護理學校就學的學生，父親也還沒考上律師執照；那時候父親是個窮小子，第一次約會連一間像樣的餐廳都去不成，只能紅著臉問母親，我們，去動物園約會好嗎？

母親每次說到這段，都會笑得心花怒放。我喜歡看母親溫柔的笑容，像是足以抵抗萬千砲火一樣，為我屏障一個防空洞。她說那天他們去動物園，天氣很熱，光是走路就讓他們流得滿身大汗了。父親見到這個情景，臉更紅了，一路上一直向母親道歉。但母親告訴我，她其實一點也不介意的；她覺得這樣的父親可愛極了，像個單純的大男孩，散發迷人的氣息。

這也是為什麼，她特別喜歡趁著連假，帶我去台北動物園玩吧！

我並不是特別喜歡動物的人，相較之下，圖書館對我的吸引力更大一些。但無論如何，可以待在母親身旁，就是最讓人開心的事情了。而母親呢，我感覺得出來，她很喜歡動物園；有時候甚至依靠著柵欄，望著動物出神，直到我輕拉她的手，她才回過神來繼續往前走。母親雖然不怕熱，卻不喜歡被曬黑，一整天下來，總是會打著陽傘。

我看她一直拿著傘，擔心她手會很痠痛，就會吵著要幫她打傘。可是我實在太矮了，儘管已經踮起腳尖，還是不足以替母親遮陽。我記得那時候母親笑倒在地上，一面揉著我漲紅的臉，一面說，好孩子，等到你長大了，也要記得替我遮風擋雨唷！而我則不服氣地說，不用等我長大，我現在就可以了！直到我的臉越漲越紅，母親，母親笑得更開心了。

我們常常就這樣，從早上，一路走到下午動物園打烊為止。美好的日子，從小學升上國中，直到國二那年，我終於可以為母親撐傘了。

這樣美好的日子，一直持續到我考上高中。

由於母親的督促，我的成績一直都是名列前茅。母親愛我，可是並非寵溺的愛；她相當看重我的學業表現，對於我不熟悉的科目，她都會不厭其煩地陪伴我、教導我，直到我能融會貫通為止。正因如此，我在考上台南第一志願時，我知道母親發自內心地為我感覺驕傲。只是學校離家裡較遠，通車大概要半個小時。雖然一開始母親仍然堅持，她早上可以提早起來載我上學，但我心疼她還要上班，這樣每天來回一個小時，一定會讓她非常疲憊。我只同意讓她每天載我去火車站，讓我自己搭車上學。她一開始雖然不樂意，但在我的堅持下也只好讓步。

如果真的要說，我對於母親的愛也許是從這時候開始，起了某些變化。這絕對不是說，我不再愛她了；相反地，我依舊無與倫比地深愛她，只是這種感覺，和小時候那種全然的依賴已經有所不同。

我同樣希望自己可以守護她、陪伴她，但我同時開始萌生一些獨立的念頭。不知道從什麼時候開始，我竟也不能讓自己，依順著母親的所有指示而活；我很清楚，母親對我的愛是不變的，同樣無私而澎湃，同樣全心全意為我好，但我的內心卻隱隱約約有一個聲音，煽動著我對抗這種愛。那個野獸一樣的念頭，彷彿要衝破我心底的牢籠一樣，不斷躁動著。我同樣期待每個週末的咖哩大餐，但已經不會等在廚房昂首期盼了；相反地，我更喜歡把自己關在圖書館裡，關進一本一本的法學教材裡。彷彿在這些書裡，我才能做回我自己一樣。

好幾次，母親試著想和我一起到圖書館看看，都被我委婉地拒絕了。一來是某種自尊心作祟，感覺到了這個年紀，母親還跟著自己一起上圖書館，似乎有點彆扭。二來是覺得，我只有自己一個人沉醉在書中的時候，才能感覺自己是自由的。這麼說雖然很不公平，但母親無私的愛，對此刻的我來說，似乎如同洶湧澎湃的海嘯一樣，幾乎將我淹沒了。

我開始和母親有爭執，都不外乎一些瑣碎的小事。很多時候我不知道為什麼，但我心頭的叛逆日益茁壯，對於母親的抵抗也越發強烈。在情緒當下的我，幾乎沒辦法控制自己的行為；但另一部分，理性的我知道，母親對我未曾有絲毫改變，和以前不同的是我，是我，是我的想法造成這些裂痕。

於是我，在每一次的爭執之後，都會主動向她道歉。我不捨得看見深愛我的母親，在夜裡獨自流淚的模樣。儘管如此，這還是沒辦法消弭我叛逆的想法，與母親的愛之間的拉扯。

我試著逃開這樣的循環，試著一樣向母親分享我的生活；然而，一旦母親對我有更多的好奇，一旦她想探知更多，我內心的防火牆又會自動架起，抗拒她無孔不入的關愛。我像是一個自私的孩子，只願意把某部分的自己交給母親，然後藏起另一部分的自己。

這種情況持續到高三那年，才有所舒緩。一來是入學考試在即，為了考上較好的學校，我投入全部的精力在課業裡，而母親也清楚這點，當我需要自習的時候，她也不再過問什麼。二來是如果我順利考上台北的學校，勢必就要離鄉背井去讀書，到時候就會只剩母親一個人留在家裡。每當想到這裡，就會覺得一陣鼻酸，母親為我勞碌大半輩子，如今我終於長大，可以當她遮風避雨的依靠，卻又要離開她這麼長的時間。面對考取大學，我是很掙扎的：一面希望自己考上理想的學校，也就是父親曾就讀的政治大學法律系；一面又多麼希望，自己能在母親身邊多陪伴她。

終於到了放榜那天，我如願考取理想的學校。

我回頭看著母親，她的眼神依舊是那種，驕傲而溫柔的光芒。我用力抱著她，想對她說些什麼卻又不知如何開口，而母親也只是把我摟在懷裡，她輕聲地對我說，你好棒，你的努力我都看到了。

想起這些年來母親的辛勞，以及未來幾年，她將孤單在台南生活的日子，我的眼淚忍不住掉了下來；我向母親保證，就算我到台北讀書，也一定會時常回家看她。而母親只是一樣笑著，一樣用滿滿的愛包覆我，為我感到光榮。

然而離家求學，並沒有我想的那麼容易。

母親原本堅持，要帶著我上台北，直到一切安頓下來。可是我認為自己夠大了，應該要學著獨立生活，況且母親還要上班，我只好萬般保證，在安頓好一切之後兩週，一定會回家陪她，母親才放心讓我自己北上。這一路獨自搭車、轉車，帶著沉重的行李，在人生地不熟的地方顯得更加孤獨。好不容易安頓好家當，卻連在學校裡頭也會迷路。從小到大我讀過這麼多書，在此刻卻覺得自己好沒有用，甚至有一種強烈的感覺，好想回家抱抱母親。

也是在這天，我第一次見到智怡。

從外表看起來，她是一個很隨興的女孩，迎新典禮上，她和我一樣穿著簡單、不加修飾，反而顯得格外親切，和其他打扮得花枝招展的同學大不相同。我們是同系的同學，很巧又修了同一堂通識課，被分到同一個組別。

讓我印象深刻的一次，是在開學後一週左右。那時候天氣還是很熱，租屋的地方冷氣又故障了，晚上在房間裡我怎麼樣都睡不著。在這樣的夜裡，突然想起母親，想念母親的咖哩，想念母親的綠豆湯。不知道怎麼的，突然有個念頭，想寫一封信給母親。儘管我每天，都有打電話和母親聯繫，但不知為何，可能是第一次離家的關係吧！我還是非常想念母親。一提筆，洋洋灑灑突然心頭湧上了好多情緒，對於母親的愛、對於自己的叛逆、對於過往的抱歉和愧疚，還有離鄉背井的孤獨感受，總之想說的話好多，一時克制不住，便寫到了清晨。

當天下午，我想把信寄出去，卻發現自己從來沒有寄過信，根本不知道該怎麼辦。當我在郵局前面苦惱的同時，正巧又遇見智怡。

她一得知我不會寄信，就熱心地帶著我進郵局、買郵票，讓我順利把信寄出。她那天綁著馬尾，一副精明幹練的樣子，讓我非常著迷。甚至，在她得知我喜歡綠豆湯後，竟然告訴我她週末正好也要煮，下次再分我一些。

雖然這麼說有點奇怪，但她讓我想到遠方的母親。可能也是如此，我們越走越近，她成為我人生中第一個女朋友。她讓我第一次體會了，什麼是愛情的滋味。

她精明、聰慧、對於家事非常在行。因為從小，母親習慣把所有事情攬在身上做，我對於生活中很多小事都一竅不通，而多虧遇到智怡，她一項一項地教我做，才讓我的生活逐漸上軌道。我愛她，我可以大聲地向全世界說，我非常非常愛她，那是一種我從未體會過的感覺。我想對她好、不讓她受到任何傷害，同時我也感覺到，自己依賴她，期待得到她的認同與關注。

我們第一次約會，也讓我難以忘懷。

那天，我緊張極了，我不知道該帶她去哪裡才對。從小到大，我只聽過媽媽講起她的第一次約會，爸爸帶她去動物園，我想，也許可以去動物園看看。只是沒想到，智怡竟然也喜歡動物園，一路上和我有說有笑。因為天氣很熱，太陽刺眼，我想起母親總是會打把陽傘，我就為她準備了一把。一到動物園，她便拉著我的手，到處去闖。我可以感覺到，她是真心喜歡這些動物的，從她的眼神裡，我看見一種溫柔而強悍的光芒，耀眼得讓我不能直視。我暗自對自己說，我想要一直守護她眼中的光芒，讓她一直閃耀下去。

與智怡相處的日子，是我人生另一段幸福的開始。

我想要知道她的一切，想知道她所有的喜好與偏愛，我迷戀她，我想討好她，甚至變得什麼事情都想問她，都想請她幫我做決定的程度。有時候我覺得，只要我符合她所有的期待，她就會同等地愛我，甚至可以全心全意地愛我，如同我母親愛我一樣地愛我。儘管，我不知道會不會造成她的困擾，但我沒辦法控制自己；有過幾次，當她不給我任何建議時，我會覺得沮喪，我會不停問自己，是不是哪裡做錯了，才讓她不再關注我了。儘管如此，我從來不曾向智怡發過脾氣，我不忍心傷害她任何一點。

為此，我心中卻有另一種更複雜的情緒，彷彿是一種罪惡感，一種對母親的虧欠。或像是一種背叛，背叛了母親無私的愛。

我通常兩個禮拜，要不最長三個禮拜，一定會回台南一趟，看看母親，嚐一嚐母親的料理。一來是不忍心母親一個人孤孤單單地生活，二來是太想念母親的料理了。可能是我從小三餐，都吃母親的料理慣了，這回搬到了台北，吃什麼都覺得不習慣，老是想著母親的拿手菜，紅燒肉、滷豬腳等等，還有咖哩。

每次回台南，母親總是一貫熱切地照顧我，關心我，和我記憶裡一樣溫暖而無私。可能也是因為距離的關係，我們不再朝夕相處，才讓我明白自己是多麼思念母親，多麼希望給她更好的生活。我再度對她敞開心胸，願意將自己的生活與她分享，只是除了一件事。

我並沒有和她說過智怡的事。

不知道為什麼，我隱隱約約覺得，母親並不會為此感覺開心。她愛我，全心全意地愛我，關心我所有的生活，這種愛一部分是強勢的、充滿侵略性的，讓我害怕去承認，除了愛她之外，我還愛上了另外一個人。

於是我刻意掩藏了所有和智怡有關的事情，只和母親分享我與其他同學的互動，以及我的課業與生活。而母親也和從前一樣，很專注地聽，對我所有枝微末節的小事充滿好奇。我常常會想，這樣是最好的了。在學校，我有智怡的陪伴，她體貼、善良、溫柔，而回到家裡，母親與我的關係似乎又恢復了當初那樣，親密且無話不說，不，應該說，除了智怡以外無話不說。

這樣的狀態不就是我期待的嗎？

隨著我與智怡的關係越發親近，我的生活再也無法將之切割。我希望她把我當成生活的重心，因為我也是這樣對待我們的關係。然而，我若無法向母親坦承這些，那麼我與她之間，豈不是永遠隔著一道牆？同樣地，我也希望能夠將智怡介紹給我的母親，我期待智怡能夠像我一樣愛著我的母親，唯有這樣，我才能真真正正地放心。

這樣的念頭，在我心底盤據許久，隨著和智怡在一起的第一年、第二年過去，我始終不知道要如何開口。我覺得自己很自私，只想要龜縮現況之下，享受被愛的感覺而不願負責。

終於，再過兩週就是我和智怡在一起三週年的日子了。

這次回家，我覺得時機已經成熟，是該鼓起勇氣，把智怡的事情全部告訴母親，並邀請智怡下一次和我一起回家和母親見面。

那天下午，母親依舊在廚房裡為我煮著咖哩。不知為何，我非常想要吃咖哩，這種感覺這幾個月來越發強烈。有時候甚至我會懷疑，自己是為了見母親，還是為了吃咖哩，才會如此急急忙忙地趕回家。雖然抱著忐忑的心情，在咖哩濃郁的香氣裡，我覺得很放心；彷彿無論發生什麼事情，都會順順利利。我一鼓作氣，把我和智怡在一起三年的事情告訴母親了，期間我不斷告訴母親，智怡有多麼溫柔，多麼照顧我，以及說到兩週後，希望帶智怡回來和母親見面的事情。

我從未想像到，母親是這種反應。

她用銳利的眼神瞪著我，那是我此生從未在她眼中看見的嚴厲。她質問我，我怎麼可以確定那個女人是真心對我好的呢？母親板著一張臉，疾言厲色地說，這個世界上除了她以外，沒有別人可以那麼無私地愛我了……

我不完全同意母親所說的，但我竟也無力反駁。

母親歇斯底里地向我嘶吼，她說智怡是個貪圖名利的賤女人，只是想要把我從母親身邊奪走。我不能想像，母親居然會說出這麼重的話，而這句話也將我激怒了。智怡不是這樣的人，妳根本還沒有見過她，怎麼可以這樣羞辱她呢！對我而言，智怡是我最想要捍衛的人，儘管妳是我母親，也不應該這樣罵她。

我們大聲爭執了一個小時，到後來母親情緒越發失控，不停地辱罵，又是一個賤女人，妳們到底想要怎麼樣才甘心。我不知道如何與此刻的母親溝通。我只冷冷地說，我要走了。

你要走了！你要回到那個賤女人身邊！好，你就去，告訴你吧！那個賤女人一定會背叛你的！你最後一定會回到我身邊的！絕對！你最後只能回到我身邊！只有我，寶貝，這個世界上只有我，是全心全意地愛著你呀……

我沒讓母親把話說完，就奪門而出。我心頭好亂，各種想法在我心中衝突著，我竟沒有能力理出頭緒。我只想要找個安靜的角落躲起來，無論母親也好，智怡也好，我現在誰都不想見了。

這個禮拜我提早回台北了，我沒有告訴智怡。

我知道這對智怡並不公平，但母親對我而言如此重要，看見母親失控的模樣之後，我不知道自己還可不可以和智怡走下去。我甚至開始懷疑，我對智怡的愛，或智怡對我的愛，有沒有這麼大的份量，逼我將深愛自己的母親刺傷。

我不斷地懷疑，思考自己，思考智怡，也思考母親。我不斷思考這些事情，好幾天的課程都沒有去上。我把自己關在圖書館裡，試圖逃進書本的世界裡，暫時離開這些煩惱。我告訴智怡，因為發生了一些事情，我的心情非常不好，需要一點時間靜一靜，很抱歉這段時間不能陪妳了。等到一切釐清頭緒，我一定會把所有事情向妳坦白，但最近拜託妳，先讓我一個人靜一靜。

智怡是一個懂事的女孩，她知道這個時候應該給我一點空間。但她越是了解我，我就越來越內疚。

我內心的焦慮占據了所有思緒，我無法控制自己的躁動。三天下來，我的情況不但沒有緩和下來，反而越發嚴重，到後來幾乎沒辦法安靜地坐著：我的雙手與雙腳，因為焦躁不斷顫抖著；我的腦袋彷彿被占滿了一樣，再也放不進一個句子，再也看不下書。直到第五天，我甚至想不起最基本的法條，在那天的課堂報告中，語無倫次地亂說一通。我到底是怎麼了，我真的不知道……

我知道智怡很擔心我，從她看我的眼神便可以清楚地感覺得到。但我不知道怎麼面對她，我覺得自己的身體與思緒被切割成兩塊，母親與智怡像在拔河的兩端，逐漸將我拉扯、撕裂，變成兩團血肉模糊的殘肢。一開始這只是一個念頭，然後竟逐漸清晰，這樣的幻象在我面前不斷上演，彷彿真實發生一樣。我不知道自己怎麼了，以前從來沒有發生過這種事情……。我的腦中開始出現很多畫面，這些場景與情節錯亂，時而是小時候母親帶我上學的片段，時而又是第一次自己搭車來台北的那天……。我過往的人生一直在我眼前跑過，似乎是一台失控的播映機，毫無頭緒地將我的回憶打散、重組，再強迫我再經歷一次……。無論是快樂的、傷心的、痛苦的或狂喜的回憶，……在我眼中都那麼真實，那麼刻骨……

我不由自主地，在房間翻箱倒櫃，把所有衣服丟得到處都是，把書本用力扔向牆上，把杯子、餐盤全部打破……

我不能停止下來，此刻的我只想把一切破壞殆盡……

……

……

直到——

直到——

直到我接到智怡的電話。

……

……

她的聲音在電話那頭那樣地溫柔，如同過往寧靜而美好的日子，……我才稍稍感覺平靜下來。

她告訴我，看見我課堂報告的表現，實在太不尋常了，她非常擔心我，等一下想來我家做晚飯，看看能不能陪我走過低潮。

我不知道該怎麼拒絕，也不知道怎麼接受，看著凌亂不堪的房間，我只能胡亂地掛上電話……

第一個直覺是穿上鞋子，往門外跑。

我跑下樓梯，跑出巷弄，跑到大馬路上；我的躁動讓我瘋狂，讓我不願意停下來，我只想要一直跑，直到精疲力竭，直到我再也沒有力氣想起母親還有智怡。

一直跑，一直跑，一直跑……。我跑過了河堤，跑過了橋……。我想從噩夢一樣的幻象裡逃離，我不知道這一切怎麼了……

母親的眼神，像是一把銳利的刀刺進我心中……

過往的日子被打碎，衝進我的眼中，如同碎玻璃……

「寶貝！你是我的驕傲！」第一次拿著獎狀，站上台的那天……。「我考上了！我考上了！」我欣喜若狂地告訴母親……。「怎麼樣？我煮的綠豆湯好喝嗎？」智怡睜大了眼睛……。「你要什麼口味的冰淇淋？巧克力？還是要香草？」媽媽在動物園門口問我……。「下次請同學針對刑法藥品濫用的相關條例，提出報告。」教授在下課前宣布……。「所以這樣，他到底是有罪或是沒有罪呢？」母親說了一個好長的故事，我甚至還沒釐清原委……。「你媽真的很用心，」國中同學不可思議地看著我，「她怎麼有辦法每天幫你準備便當呀！」……「我，」智怡第一次抱著我的那天，「我喜歡你。」……

……

……

我一直跑。

一直跑。

一直跑。

……

……

直到自己一點力氣也不剩了，身體一軟便倒在路邊。

我到底要什麼呢？此刻我已精疲力竭，腦子卻突然異常清晰。

……

……

我想要吃咖哩。

對，我想要吃咖哩，不，應該說是，我需要吃咖哩。

我的身體突然重新醒過來了。的確，比起這一切，我更需要吃咖哩，我想要吃母親煮的咖哩，只要吃完，我便不再有這些煩惱了……

我轉過身去，向家的方向跑，甚至比之前跑得更快。我要吃咖哩，我的眼球充血，雙腳痠痛，但卻絲毫不影響我奔跑的速度……。我要回家，我要吃咖哩，我記得冰箱裡還有一盒，我上上禮拜從家裡拿回來的咖哩……

三

我深愛我的丈夫。他是這個世界上，最聰明，又最優秀的人了。

我們都是台南人，剛認識他的時候，我離鄉背井在台北讀護理，而他在政治大學讀法律系。我們在一班北上的火車上，恰巧坐在相鄰的位置。那天我正要從台南搬到台北，行李很多。倉促之間，我不記得自己隨手把車票放到哪裡去了。

當查票員過來的時候，我找了好久都找不到車票……

而他呢，非常意外地，他竟將自己的車票偷偷塞給我，然後跟查票員說，他沒有買票，請查票員幫他補票。

這個貼心的舉動，幫我化解了一次尷尬，也讓我對這個人產生了極大的好感。此後一路到台北，我一直向他道謝，並且想把補票的錢拿給他，但他卻說他不收，只是幫個忙不要緊的。

他的名字叫做周巍廷，我知道當時我們都是學生，這筆車票的錢對我們來說，是一筆不小的數目，他一定是不想增加我的負擔，才不肯收我的錢。

我也不知道哪裡來的勇氣，一個女孩子，居然大剌剌地對他說，你如果不收可以，交換條件是你要帶我出去玩一天才行。他聽到這句話，似乎有點驚訝，過了幾秒鐘後，才意識到這是一個約會的邀請，連忙跟我說，好呀！那我們約個時間碰面吧！

就這樣，我們開始了第一次約會。

因為他的經濟狀況並不是很寬裕，當他向我提出，去動物園約會的想法時，我想都不想就答應他了。我從來沒去過動物園，對動物也沒有太多興趣，但想起這是和巍廷第一次約會，其他也不再重要了。

沒想到當天真的太熱了，我才走了一小趟路，已經滿頭大汗了；而他呢！他比我想像中，更喜歡動物得多了。他告訴我，他小時候的夢想，是去非洲拍攝野生動物的照片，所以他對動物很有研究，對各種生物的生活習慣、產地、喜好等等，都相當清楚。

他帶著我一區接著一區地觀賞解說，像個終於找到知音的孩子，手舞足蹈。那樣子的他可愛極了，儘管再熱，我也想繼續跟著他逛下去，彷彿，他在帶領我看見一個嶄新的世界一樣。他告訴我，因為他家裡人的關係，不得已他選擇就讀法律系。但等他考上律師執照，賺了錢，一定要到非洲去看看，那片廣大的草原。

他告訴我，希望到那個時候，我依舊可以陪在他身邊。

我在心中默默答應了他。

我們就是從那時候，開始在一起的。

學生時代，什麼也沒有，時間倒是很多，他常常趁著課餘的時候，坐公車過來找我，而我也會在週末跑去他的學校，偶爾，一起去動物園看動物。

那段時間好快樂，沒有什麼事情可以打擾我們的世界。

他不斷告訴我他的夢想，想要帶著我環遊世界，要去南極看企鵝，還要去深海海溝冒險等等。我嚮往他天馬行空的白日夢，這些單純逐夢的念頭，讓我覺得非常著迷。

畢業以後兩年，熬過他入伍當兵的日子，我們決定要結婚，並回到台南老家安頓下來。整場婚禮簡單而溫馨，在典禮上，他堅定地對我說，他會用盡這輩子全部的愛，來讓我感覺幸福。

那一刻，我都覺得世界上最幸福的事情就是這樣了吧！我覺得我擁有世界上最珍貴的愛！

之後不久，我在住家附近的醫院找到護士的工作，而丈夫則在一間中型的事務所開始上班。我們是別人眼中的模範夫妻，在當時的環境之下，我們能夠受到高等教育，並且光榮返鄉工作，是人人稱羨的成功典範。我盡我所能地愛著他，每天親自為他準備三餐，甚至害怕他營養不良。儘管那時候保健食品的風氣不盛，我還是買了好幾款維他命，只希望他能健健康康、無後顧之憂地為未來打拚。

可惜事與願違，正當我的收入逐漸穩定，工作也步上軌道之際，丈夫卻時常與事務所的同事及客戶鬧得不愉快。

原因沒有別的，正是因為巍廷不願意為罪犯辯護。

巍廷非常聰明而且辯才無礙，在法庭上的攻防戰，只要他樂意，必定能占得優勢。但同時，他也是一個很有正義感的人，他堅信法律是用來保護善人的力量，因此每當他需要辯護的對象，是確實有罪的犯人時，他便不能讓自己平心靜氣地答辯了。幾次在法庭上的暴走，讓客戶受不了只能撤換律師，事務所也蒙受很多損失。我試著說服他，這份工作必定會接觸到這樣的事情，要他懂得自處。而他卻反問我，如果法律不能為了正義存在，那我們奉公守法又是為了什麼？

我說服不了他，卻也不能順著他的意念過下去。隨著類似的事情，發生頻率越來越高，就算他在法庭上大部分的表現仍然可圈可點，事務所也不得不做出取捨。

他失業了，在家裡酗酒了整整一週。巍廷的酒量極差，只需要一小杯啤酒，就可以讓他醉上個大半天；那個意氣風發、對未來充滿憧憬的男人，此刻竟是如此落魄不堪。

看著這樣的他，我非常心痛，也感覺心疼。

他那麼有天賦，如果可以不那麼倔強、不那麼意氣用事，他必定是一名絕頂優秀的律師。我試著鼓勵他，但不自覺間，說出來的話竟帶有濃濃的責備。

可能我，就是一個比較冷血而現實的人吧！從小，家裡就是一路苦過來的，他們讓我受教育，讓我有機會翻轉人生，讓我不用辛勞地種田養家，我對於這些充滿感激；因此，就算工作上有不如意的時候，我選擇向現實低頭。沒有什麼事情是不能妥協的，牙一咬也就過去了。而巍廷，巍廷他卻不同！他是一個理想主義者，一旦事情違背他所堅信的理念，就算是要與世界為敵，他也不願意妥協。

我們因此大吵了一架，我很希望他再去找一份律師的工作，而他卻告訴我，這種工作他到哪裡都不會適合。工作這種事情，我畢竟不能逼著他去做，一方面我想，也許他只是需要一點時間，等他想通之後就會好多了。

沒想到，大概才過了一個禮拜，他就告訴我，他找到工作了。

我為此非常高興，立刻問了他，是哪邊的事務所？

他卻說，不是，不是事務所。他參加了某些社工團體，決定要成為一名專職公益律師，為弱勢團體打官司、爭取權益。

我對於他的決定，完全不能諒解。

他的能力這樣好，明明可以和我一起，過著人人稱羨的生活，為什麼盡要做一些吃力不討好的事情。一名公益律師的收入，比起一間事務所的祕書還不如。我不能諒解，再次與他大吵一架。這次我疾聲厲色地說，他是個不負責任的人，一點家庭的擔當都沒有；而他卻反過來說我，只是個愛慕虛榮的勢利眼。

我不敢相信，當初那個口口聲聲說愛我的男人，居然是這樣的人。但無論如何，我愛他，這點仍然沒有改變。儘管我跑回娘家待了一個禮拜，最後還是忍不下心，回家找他，並消極地接受他的工作決定。

但我感覺得出來，他從那時候開始，整個人變了。

他開始不愛回家，每天埋頭處理案件，甚至就算沒有案件，也寧可花時間與社工同仁拜訪視察。我依然愛著他，我依然相信他曾說過的夢想。我知道他只是迷惘，只是暫時不知道要怎麼做，只要走過這段低潮，一切都會好轉的。

我試著說服自己，一切都很好，只要讓他感覺到家庭的溫暖。

對，只要我們有一個共同努力的目標，他也許就會改變的。

也就在那時候，我懷上康陽，我的寶貝兒子，我一生的摯愛與驕傲。

我相信，只要我們有了兒子，巍廷就會有所改變，他會為了讓兒子過更好的生活而堅強起來，他會成為一個偉大的父親，一名真正優秀的律師。我一直這樣堅信著，他會為了我改變，為了這個家變得有所不同……

……

……

事實證明，他依然沒有改變。

他仍舊是那個，充滿理想與正義感的人，他可能是一個善良的人，但不會是一個好丈夫，更不會是一個好父親。儘管如此，他在法庭上的表現，仍然讓人驚艷折服。所有由他經手的案子，這些弱勢家庭都得到了妥善的對待，為此，鄉鎮公所還特地頒發了「傑出楷模」的匾額，感謝他對於鄉里的貢獻。

那塊匾額，在我眼中看來是多麼諷刺而礙眼。

我原本也可以，就這樣下去也沒關係。儘管他的想法大多不切實際，但卻做了很多真正善良的事情。這樣的他，如同那時空口談論夢想的他一樣，充滿了孩子一般的純真，依舊讓我著迷。

真的，我原本可以就這樣和他過下去的，但我不能原諒他的背叛。

就在康陽大約兩歲的時候，巍廷外遇了，對象是一名他經手案件裡的受暴少女。

他們在照護中心相遇，那名少女積極追求他，而巍廷也就和她搭上線了。剛得知這個消息，我不可置信；巍廷，那個告訴我，他會愛我至死不渝的男人，居然變心了。我不能原諒他，我跑到他工作的地方找他，我質問他這一切到底是怎麼回事。

讓我更不可置信的是，面對暴跳如雷的我，他居然說，我想要的生活太過虛榮，他給不起，他沒辦法滿足我。

他說此刻他只想要平靜地過日子，請我放過他。

請我放過他？我不能理解這是什麼意思。

難道這些年的婚姻，我們一起經歷的日子，對他而言是折磨，難道是我逼他變得如此？那我們的夢想呢？我們的愛呢？還有。

我們的孩子呢？

他不知道怎麼回答，和我想像中一樣，他還是那個只會做夢的孩子，這些事情，他可能壓根沒有想過……

這竟然是我深愛的男人！也許打從一開始，我就知道他是這樣的一個人了，我只是在內心極力抗拒，極力說服自己他總有一天會改變的。

他的沉默讓我肯定，他不會改變，而且從此之後不再屬於我了。

我的頭腦此刻無比清晰。

是你逼我如此的。我在內心看見了一個破碎的結局。

就在他回家，打算把家裡的東西搬走那天，我知道他會載著那個女人一起，回到那女人的老家彰化。

那天我顯得異常冷靜，煮了一桌的菜，抱著康陽埋頭吃飯。而他就好像沒看到似的，只一味把東西往樓下搬。就這樣，不到兩個小時的時間，便把東西全部帶走了。

我沒有多說什麼，直到他在臨走之際，才好像突然看到我一樣。他告訴我，他要走了，安定下來以後，每個月會寄兒子的贍養費過來。

我看著他的眼神，沒有一絲一毫的眷戀，與我心底那個深深愛著我的男人，已經全然不同了。我顫抖著聲音說，桌上，有幾顆維他命，就算是要離開了，還是要照顧自己身體。他點點頭，將藥丸吃下，便離開了。

幾個小時後，我接到通知。是在高速公路上發生車禍的，車上一男一女當場死亡，肇事原因似乎是酒後駕車，男子體內測得酒精反應。

我不曾後悔自己將維他命膠囊換成烈酒，因為那個男人早已經不是我心愛的巍廷了。他只是一個陌生而負心的人，帶著情婦一同下地獄……

我的巍廷早就死了，或許早在我們結婚後的第一年，早在他失去第一份工作以前，早在他不再熱烈注視我那一刻起，他就死了，死了好久好久。

我現在僅剩的，就是我的寶貝兒子，我的康陽，我和我深愛的巍廷的心血結晶。他身體裡流著，他父親意氣風發、豪情萬丈的血。我要愛他，我要把一輩子的愛都給他，我要他也愛我，如同這個世界上只有我一個人一樣地愛我，無論他發生什麼事情，都會告訴我，都要讓我一同分擔。他會變得優秀、強大，變成比他父親更偉大的律師，他會帶著我過更好的生活，是的，我會讓他變得優秀，再也沒有人可以浪費他的天賦。

然後一直一直，留在我的身邊，代替他的父親，永遠留在我的身邊……

……
……
掛上康陽打來的電話，這些往事突然浮現在我的心頭。三分鐘前，電話那頭是慌張的康陽，他說的每一個字都因為害怕而顫抖，他說，媽媽，救我，我不知道怎麼了，我看見好多可怕的事情，……有好多、好多鬼在抓我，地上有好多血，好多好多……。媽媽，我原本回家，原本回家只是想要吃妳煮給我的咖哩，……但智怡把它丟掉了，……智怡把它丟掉了……。她果然會背叛我，她果然不是全心全意為我好的……。媽媽，我好怕，我眼前的智怡不動了，她瞪大雙眼卻不會呼吸了，……怎麼辦？怎麼辦？我不想要死！……救我，媽媽！媽媽！……
……
……
也許，我一直都知道，會有這麼一天吧！
康陽是個優秀的孩子，總有一天會遇見另一個對他很好的女孩，我一直都知道……

如同巍廷那樣子離開我，我不能，我不能接受……

還好這一切都不算太遲。

從小到大，我在做給那個孩子的咖哩裡面，下了成癮性很高的精神藥物，讓他不知不覺間對這個食物上癮。他每個禮拜都要吃咖哩，對他而言可能是一種習慣，但我知道，其實他非吃不可，否則藥物造成的戒斷症狀，會讓他抓狂。一開始，我放的劑量也沒有那麼高，我只是想要他留在我身邊，只是簡簡單單的，不要讓他離開我罷了……

但隨著他年紀漸長，想法越來越多，也變得越來越難以控制。我持續增加藥量，只是希望他時常回來見我，不要被其他虛情假意的人給騙了。那些女人沒一個是好東西，沒有一個是真心愛他的！

她們只是妄想透過康陽，來讓她們翻身罷了！我的康陽前程似錦，這些都是絆腳石而已！

此刻康陽，應該已經在回家的車上了。想起他被嚇壞的樣子，心裡便覺得難受。要是整件事情被警察發現，我也脫不了責任吧！算了，這一切都不重要了。我要為這孩子煮最後一次咖哩了。

只要放進足夠的氰化鈉，這便是我們最後一頓晚飯了。

這一切都會結束了吧！寶貝，你會一直陪著我，再也不離開我了。

而我，我也可以永遠守護著你、永遠深愛著你了。

雲

一

我看著她的時候，世界幾乎停止轉動。

她留著長而直順的頭髮，身材纖細勻稱，靈動的眼睛透著溫紅，彷彿在對我笑一樣，深邃溫柔。尤其最讓我著迷的，是她全然透白的身體——指頭、鼻尖、肌膚、頭髮、雙頰、臂膀。她是我所見過最美麗的總和，是我的老婆，是一名白子。

我從小就非常喜歡皮膚白的女生。

第一次認清自己的喜好，大概是國小六年級的時候吧！我家住在台南市市郊，偶爾週末，媽媽會帶我，到市中心的果菜市場。

小時候，能與媽媽獨處的機會，大多是上市場採買的時候。每次我最期待的，是買齊了菜以後，提著大包小包坐在市場門口。那裡有一攤專門拉糖偶的小販，媽媽會買一根麥芽糖給我，直到我開心地吃完，再一起搭火車回家。

媽媽常說，我小時候最黏她了，隨時隨地都要有她在身邊才行，不然動不動就大哭大鬧的。我記性不好，關於孩提時候的事，若不是媽媽後來提起，我根本都忘得差不多了。

但唯有那次，相當稀奇地，那次我記得特別清楚。

那天是年節前夕，母親帶著我採買年夜飯的食材。對現代人來說，不再準備年夜飯，改為上館子聚餐的大有人在。但在十多年前，這種風氣並不盛行，加上台南人又特別傳統，市場的人超乎想像地多。

我的小手緊緊拉著母親，一開始還可以靠著母親前行，直到後來走到市場中心，人潮將市場塞得水洩不通。我的手幾乎快要被推擠開來了；市場裡的人越來越多，一個不留神，我便和母親走散了。

我到現在還記得，那時，耳邊充斥著小販此起彼落的叫賣聲；越是激動叫囂，我就越徬徨失措。放眼所見，人來人往，卻盡是陌生的面孔。我在人群中非常害怕，害怕自己再也回不了家，再也見不到母親……

我下意識地哭了，跌坐在地上嚎啕大哭。

這個舉動引起了部分民眾的注意，有人注意到我和家人走散了。儘管如此，在擠得水洩不通的市場中心，大家能做的也只是大聲疾呼，希望將訊息傳遞出去。

在那一刻，我看到旁邊不遠處，賣水果攤子上的姐姐。

我當時年紀太小，已經完全不記得她的長相了，只記得她看起來似乎不過二十歲左右，只是皮膚光滑透亮，非常白皙。

我下意識地往那個攤子走去，不知道為什麼，那樣素昧平生，只是皮膚白皙的女人，居然能讓我的心靈感覺平靜。我還記得，當那位姐姐發現我一直盯著她看，便問我家裡人在哪裡呀？怎麼一個人在這邊？她領著我在她的攤子旁邊坐下，還削了一片西瓜給我吃。

那西瓜好甜呀！一直到現在我都沒有忘記。我坐在那個攤子旁，看著人來人往，不知不覺之間就睡著了……

不知道過了多久，才看見母親慌慌張張地找到我。母親披頭散髮，眼睛紅腫，必定哭了好幾遍。她一見到我便把我緊緊抱在懷裡，不停向漂亮姐姐道謝。

後來長大聽母親轉述，那天她快著急死了。我一轉眼就不見了，她只能順著人群一直找，後來甚至跑去報了警。可是人潮實在太擁擠，警察也只能盡力在每個出入口盤查，沒有辦法第一時間幫忙搜索。「但萬萬沒想到，」母親講著講著也笑了，「沒想到這個混小子，跑去向漂亮姐姐要西瓜吃了。」

她笑著說，可能是漂亮姐姐把你迷倒了，你看看你，連媽都不要了。雖然我說不上為什麼，一直到現在也還沒搞懂，但我想，我就是對皮膚白皙的女孩特別有好感吧！像有些人，特別喜歡留長髮的女孩一樣。

隨著我逐漸長大，我對這樣的「好感」也開始有更多理解。

嚴格說來，我的初戀發生在高中，對象是隔壁班新來的實習老師。記得是高二那年。當時，大家經歷了青春期，身體的發育早已成熟。我參加學校游泳隊，身材本就因為訓練的關係，比起同年的學生來得健壯許多；而高二正是代表學校，出外比賽最重要的一年，泳隊訓練更頻繁。

我就讀的是男校，一群剛「起邱」的男孩聚在一起，三句不離一句色情；我們課餘最常做的事情，就是討論哪個學校的女生比較漂亮、下次可以去哪邊聯誼，或甚至交換彼此珍藏的「愛情動作片」之類的。

我很愛聽他們說這些，其中，特別是班上一個同學，記得當時大家都叫他大山。他身形高大魁梧，如果不是穿著制服，一般人根本不會曉得他只是個高中生。

也不知道他哪來這麼多管道，可以一直認識新的女同學。他常常會跟我們分享，自己又和哪個學校的女孩子勾搭上。講到激動處，像是最後在哪裡和女孩子搞起來，女孩子怎麼樣激動呻吟之類的，常常讓整班的男人春心蕩漾，我當然也不例外。

在那個精蟲衝腦，每天跟一群大老粗打打鬧鬧的年代裡，我遇見了她。

第一次見到她的時候，我剛從化學課下課走回教室，我們在走廊上擦肩而過。我的心跳無法克制地加速跳動；她的腿與腳背，胸膛與雙頰，在黑色套裝襯托下，白得不可思議。她是隔壁班的實習老師，名字叫尤雅靖。說實話，她的五官算是清秀，但真要說漂亮，卻也不見得多突出。但對我來說，她那淨白無瑕的膚色，讓我只稍稍看過一眼便深深為她著迷。另一方面，在男校出現這麼一位年輕的女老師，可想而知同學們就像著了魔一樣，時不時會找機會，去導師休息室向班導「請安」，順便藉機接近雅靖老師。班上對她的討論也很多，尤其是大山，每次講到雅靖老師，他都色迷迷地跟同學們說，不知道老師的私處會多麼柔軟濕潤等等的下流話，更讓全班同學血脈賁張。

雖然經常提到她，其實我們真正可以接觸的機會並不多。巧合的是，她很喜歡在早上去泳池游泳，而那正好是游泳隊練泳的時間。也因為泳隊之便，我每天早上，都可以看見她穿著連身泳衣，露出雪白的雙腿和手臂，在泳池裡游水的模樣。一開始，我都因為太過激動，只能飛快跳進水裡，才不至於讓別人看出我褲襠裡的反應。直到後來遇見她的次數漸多，我才決定鼓起勇氣，趁著練習的空檔和她說說話。

聊了幾次天我才知道，她是台北人，剛從師範學校畢業，因緣際會分配到台南實習，其實只比我大五歲，難怪看起來這麼年輕。對於一個男校來說，有一個年輕的實習女老師固然好，可是男孩子有種調皮的心態，反而喜歡欺負這樣的老師，讓她實習的日子過得很辛苦。

我想起班上同學對她的那些輕浮言論，便覺得有點過意不去，罪惡感油然而生，又不知道該怎麼幫她，只從嘴中吐出了幾句，「妳看起來好像不太會游泳，要不我教教妳吧！」這類無關痛癢的話。

沒想到，她卻非常高興。

她說自己想要學游泳已經很長一段時間了，可是一直沒有學成，如果我也有時間的話，那是最好的。

就這樣，每天早上與她碰面，變成我最期待的事情，我們的關係也因此逐漸變得親近。下學期一直到暑假，我們幾乎天天碰面。說來慚愧，那時候每次在家裡打手槍，腦子裡浮現的都是她雪白的身體……。我幻想自己觸摸她脫下衣褲後雪白的私處，或她用雪白的手撫摸我的身體……。伴隨著青少年對「性」的憧憬，無數次，我獨自在被單中噴洩而出……

但這種感情，絕非一廂情願……

我感覺得到。

我感覺得到，從她看我的眼神，或是從她對我和對其他學生的態度……

那並不一般。

我們沒有說破，畢竟師生戀這種事情，本來就是禁忌，再加上台南民風相對保守，這種感情我也只能深藏在心底。隨著暑假到來，她的實習也即將結束。她告訴我，這是她在台南最後兩週，之後就要搬回台北了。

原本以為，這就是結束，但我做夢也沒有想到，最後竟然與她發展到那種程度。

暑假的第一週，學校泳池根本沒有其他人會過來。

她一如往常到學校來游泳，見到我的時候，似乎很驚訝。她問我為什麼放假了，還要到學校練泳。我嘀咕著說，天氣太熱了，想要游泳罷了；其實自己心裡明白，我來，是為了能多看雅靖幾眼。

一開始，我們一如往常練習游泳，直到我們都累了，靠在泳池旁休息。在水底的時候，我還沒有太多感覺，直到在岸上和她肩並著肩，我的呼吸才突然急促起來。

那時候雅靖應該說了一些感性的話，諸如「謝謝你這陣子的照顧」或是「和你一起游泳很開心」之類的話，但我都沒有聽進去。我漲紅了臉，一股腦地對著雅靖說：「我喜歡妳。」

她似乎被我突如其來的告白嚇到了，但仍舊裝作若無其事的樣子。她說，老師也一樣喜歡你呀！那時候我也顧不了這麼多，直接追問她，妳是不是早就知道我很喜歡妳？出乎意料地，雅靖竟也漲紅了臉。她撇過頭去，沒有正眼看我。我順勢把手放在她的手背上。

那是我第一次觸摸除了母親以外的女人的手，好柔軟，好溫暖，和大山形容的一模一樣。

雅靖似乎是嚇到了，旋即站起身子往更衣室移動，而我似乎也不打算放棄了。我直接追上她，在經過走廊的時候，親了她的嘴唇。她雖然試著把我推開，但我堅持貼著她的雙唇……

那一刻，我覺得世界融化了。

我感覺得出來，她身為一名教師的道德感，極力想要抗拒我，但我真的沒有辦法讓自己停止下來；她白皙的手臂、下肢、臀間還有，雙峰，那白皙的雙峰讓我幾乎抓狂。我不停親吻她，我的手指試圖探索她身體每一個私密的角落，彷彿是初次得到玩具的孩子，沒有辦法停止巨大的好奇心……

她在我懷裡顫抖著，低聲地呻吟，伴隨著一種暴露在公共空間的危機感，讓我無與倫比地興奮，我可以感覺自己因為視覺與聽覺的刺激而發抖著。

另一部分，我在心頭感覺到同等強烈的罪惡感……

那種罪惡感，似乎在指責我這些行為一樣，指責我對她身體的染指，我深深覺得自己不應該這麼做……。儘管最終，這一場拔河，情慾還是戰勝了一切。

我把她抱到了泳隊的休息室裡，那裡是整座泳池裡，空間最寬敞的房間。我反鎖了辦公室的門，溫柔地將她的泳衣扯下來；她一手抱胸，一手遮擋在下體前面，羞愧地低下頭。

她雪白的身體在我面前像是會發光一樣，耀眼得不能直視。我顧不得其他的問題，把她壓在牆上又是一陣熱吻。我的身體發燙，而她的臉頰也微微泛紅……

當我充血的器官，緩緩駛入她的身體裡時，我感覺自己被緊緊地包覆，那是我，此生從來沒有過的體驗。她依靠在我的肩膀，低聲發出顫抖的音節，更讓我感覺激動。我狂戀她潔白的身體，每一寸肌膚都讓我沸騰、高潮，讓我的身體感受到無與倫比的快感……

而與這種快感同等強烈存在的，是那一種罪惡感。

越是侵犯她的身體，越是感覺到身體的快樂，就有越發巨大的罪惡感襲來。我試著忽略這些，那時候我以為，只是因為她是學校裡的實習老師吧！只是因為在游泳隊辦公室裡吧！只是因為我們是偷嚐禁果的罪人吧！我不斷想出各種理由、各種藉口，試圖解釋自己的罪惡感……

我繼續侵犯著她。

一次又一次地來回擺動，我感覺到她的身體也在發燙；她咬著下唇，手還是抓著我，卻有點使不上力氣，她的喘息聲漸大，甚至發出些微的哭聲。

「啊……啊……啊……啊啊啊……啊啊啊啊啊……」

就在她全身蜷縮的某一刻，她的孔道緊縮起來，將我充血的身體更用力夾緊，我眼冒金星，在無法自已的情況下，初嚐了性的美好。

就這樣，我和她共度了美好的兩週：幾乎每天早上，我們纏綿、親吻、擁抱，彷彿沒有明天；我永遠也忘不了，觸碰她豐潤白皙的胸部，那一種溫暖、充實的感覺……

隨著她實習結束將返鄉，我們也斷了聯繫。這是一次美好的回憶，也讓我理解自己，多麼迷戀女人白皙的身體。

之後我考上台中的學校，離家求學就讀土木工程。這段時間以來，陸續結交了好幾個女友，可能高矮胖瘦並不相同，但唯一共通點皆是雪白的肌膚。

但有一件事，我一直不能理解。

對於性愛產生的罪惡感。

從第一次發生以來，同樣的念頭始終在我腦海中揮之不去。無論與哪一任女友在水乳交融之際，腦海中的罪惡感就會突然冒出來，讓我非常困擾。我試著說服自己，沒事的，可能只是壓力太大罷了。的確，在面對自己非常喜歡的對象時，越是喜歡越是會有莫名的壓力襲來。我告訴自己，放鬆就好，這些只是心裡頭沒來由的感覺，一點都不重要的。

大學畢業之後，我隨即入伍當兵。退伍後，原本父母親希望我，在老家附近找個工作便是了。但我覺得在台北，工作機會更多，發展也比較好，就執意要北上工作。

後來想想，多虧了自己的堅持，在我搬到台北的第二年，遇到我老婆。

那天下午，我正在苦惱該如何向客戶提案，一個人坐在咖啡廳裡趕報告。她推門進來，向櫃台點了一份鬆餅，還有一杯咖啡。

她身高不高，有點膽怯地環顧四周——當天是週日，咖啡廳裡坐滿了人，當她望向我的時候，我呆住了。

她是我見過最美的女人了，我看著她的時候，世界幾乎停止轉動。她留著長而直順的頭髮，身材纖細勻稱，靈動的眼睛透著溫紅，彷彿在對我笑一樣，深邃溫柔。尤其最讓我著迷的，是她全然透白的身體——指頭、鼻尖、肌膚、頭髮、雙頰、臂膀。她是我所見過最美麗的總和，是一名白子。她白皙的皮膚，沒有絲毫瑕疵。她的眼神彷彿可以看透我一樣，乾淨清澈。她的頭髮，如同細密的銀線，閃閃發亮。我當下很直接而魯莽地，一個箭步起身，問她如果不介意，可以和我同坐一桌。

現在回想起來，還是覺得自己當時太冒昧了。但一直到很久以後，老婆才偷偷告訴我，其實她對陌生人很多疑又不喜歡說話，但那天，就是因為我的這個舉動，讓她覺得我很善良又單純，才會答應繼續和我約會。

和她聊天之後，知道她在附近的會計師事務所工作，今天休假，想來這邊喝杯咖啡，放鬆一下。她給我一種非常親切的感覺，像是失散多年的老朋友或是親人一樣，開始聊天就停不下來。

那天我們一直待到咖啡廳打烊，在服務生提醒下才尷尬地離開。我堅持開車送她回去，而她也沒有拒絕。

之後，我們就常常一起晚餐。因為我自己在外租屋，三餐大部分都要靠外食，而她和父母住在一起，有空間可以自己做飯。當她得知我獨自北上工作，便主動告訴我，她一週可以幫我做幾頓晚飯，免得我老是吃外食，營養不均衡。

我樂壞了，覺得這是老天爺天大的恩惠，當我手舞足蹈地向她道謝，她就只是瞇著眼笑了。

我的世界再度融化了一遍，她對我而言，就是有這麼大的魔力。

為了回報她替我準備晚餐的恩情，我常常在週末安排約會。幸好當時，我們的工作都不算太過操勞，每週可以見面的機會很多。

我們的第一次，是在礁溪泡湯的旅行裡發生的。

那時候，我們已經在一起大約半年了。儘管如此，當我提出一同去泡湯的邀請時，還是有點害怕她不高興。沒想到她卻告訴我，她最喜歡在冬天泡湯了，她同事曾經推薦過幾間，在礁溪不錯的溫泉旅店，可是一直沒有人可以陪她一起去，現在有我可以陪她，那是最好的了。

看著她開心地計畫該怎麼過去，或可以去哪邊玩之類的，就讓我覺得滿足。

我們決定，週五一下班就開車過去，在那邊待兩個晚上，禮拜天下午再開車回來，這樣可以在宜蘭待上整整兩天，是最好的了。

這是我們第一次在外過夜的約會，不得不說，光是這個念頭，就讓我異常興奮。

那個週五下班以後，我開車去接她。她早就把東西都準備好了，還順便做了一個便當給我，她知道我一定還沒吃飯。我們一路有說有笑，宜蘭也不算太遠，我們到旅館的時候大概才七點。

沒想到，才一進到飯店裡，我已經沒有辦法控制我的慾望了。我些微粗魯地，將她按在牆上，開始熱烈地親吻她。一開始她有點吃驚，但並沒有阻止我，只是嬌羞地抱著我。她淨白的身體，對我而言像是一把火，將我身體裡的火藥全數引爆。我扯開她的衣服，讓她雪白的胸膛裸露出來。她害羞地別過頭去，卻讓我更不能控制地感覺興奮。我抱起她，從大門走道一路到臥房的床上，當她衣不蔽體地倒在床邊，我已經迫不及待地，先脫下自己的衣服。

她看我的眼神，充滿依戀與柔情，彷彿要把我整個人融化一樣。我的雙手急切地在她身上游移，想要占據她胴體的每一寸，想要完全擁有她、占有她……

但在此時，我看著這個雪白潔淨的女人，在我面前赤裸的模樣，如同強烈的情慾一般強烈的罪惡感湧上心頭；她的身體對我而言，吸引力超乎我能想像的範圍，而這整個的罪惡感也強大到我無法形容……

另一部分，這樣的她、這樣的身體絕對是我夢寐以求的，但詭異的是，此時此刻，我竟隱隱約約覺得，這種感覺並不完整，卻也說不上來是為什麼……

就這樣，我一度沒有辦法對抗這種感覺，竟在與她幾次激情地親吻後，器官漸漸疲軟下來……

我從來沒有遇過這樣的情況！遇見自己真正著迷的一個人，身體居然這樣不爭氣，一度，我好想賞自己兩個耳光……

但她，我深深愛著的她，似乎發現了我的異狀。她用力地把我抱在懷裡，把頭整個鑽進我的胸膛，嬌喘地說，抱歉，你工作了一整天，還要開車帶我過來，一定累壞了吧！我們先去泡溫泉吧！我想幫你搓搓背。

就這樣，她像是水，包覆我脆弱的心智，讓我感覺到無比自在舒適。這種感覺，如同回家一樣，徜徉在她給我的，自在舒服的懷抱裡。

整個晚上，我們沒有做愛，而是赤裸地抱著彼此，共享彼此的體溫。我像是她的孩子一樣，貪婪地把頭埋在她雪白的雙峰之下，這讓我感覺到前所未有的安全感，彷彿這個世界的災難與苦，都再也與我無關……

那是一個無比美好的夜晚，我睡得好深好沉，再沒有什麼，可以把我驚醒了……

第二天清晨，我在她懷抱裡醒來，看見她睡去的臉龐，覺得無比可愛。我不能克制自己，朝著她的唇上便是一吻。可能是早上器官充血的加乘作用，這一個吻像是原子彈投進我的內心，我的身體被情慾炸裂了。

我整個人壓制在她身上，將她的雙手壓制在床上，用嘴親吻所有能夠親吻的地方。她也被我突如其來的舉動驚醒，似笑非笑地對我說，幹嘛啦，一大早的。

她俏皮的態度，讓我慾火越燒越烈，直到不能克制的程度。我從頭到腳，幾乎親遍了她的每一寸皮膚；我的舌頭游移在她的身體上，她因為這種既舒服又麻癢的感覺，竟弓起身子嬌喘起來。

我沒有停下來，用舌頭挑開她緊閉的器官，也是雪白無瑕的；無瑕的，專屬於我一個人的。

然後，我經歷了此生最強大的一次感官饗宴。她的每個表情，每種細微反應，都在我心中被放大一百倍，一千倍，像是一串細密的爆竹，綿延無間斷地引爆。我放入她身體的瞬間，我們彷彿合而為一了，我感覺得到，她為我的每一寸位移而顫抖著。她虛弱地親吻著我，像是向我索取更多更多的關愛一樣。我想把我的全部交給妳，是的，全部，我想把自己毫無保留地交付給妳。

那種強烈的罪惡感，以及某種不知名的錯置感，仍然在我的心頭作祟，但此時情慾的強度已經完全超越一切，再沒有什麼，可以阻止我和她的結合。

我的身體前後擺盪，她雪白的身體逐漸泛紅，隨著頻率越來越快，她閉起眼睛，試圖用手擋在我的下腹部，以減緩我的速度；但她此刻實在太過虛弱，幾乎使不上力，那作勢撐住我腹部的手，像是另一個巨大的暗示，讓我不自覺地更加快速度……

「啊啊……啊啊……不行……啊啊啊啊……不行了……」

我沒有辦法讓自己停下來，那一刻，我的身體已經全然控制我的思緒，她淨白的身體在顫抖，我非常享受她身不由己的顫抖，她的腰間扭曲，似乎想從我的猛攻之下掙扎出來，但我沒有給她機會。我再度將她的雙手向兩邊壓制，將她的身體固定在床上，連一絲動彈的機會都不留給她。

她完全投降了，脖子向上延伸，像是因為羞愧，而想鑽進枕頭裡一樣。我把身體整個壓制上去，親吻她的耳輪、胸骨與額頭。她的腳夾著我發抖，發出些許哭腔的呻吟

「啊啊啊啊啊啊……」

我腹部感覺一陣濕，低頭一看，她雪白的器官似乎不能控制地，噴濺出透明的液體，弄得滿床鋪都是。那一刻，我再也不能控制，我一把懷抱著她，用力抵住她的唇，一面加速衝刺，一面低聲告訴她，我愛妳，我好愛妳，請妳永遠陪在我身邊……

「啊啊啊啊啊……」

……

……

這場性愛之後，兩個人都脫盡了力，疲軟地靠在一起。我看見她蜷曲著身子，在我懷裡喘著大氣，我溫柔地撫弄她銀白的長髮，寶貝，寶貝，寶貝，我會好好照顧妳的。

她輕輕地嗯了一聲，在我胸懷昏睡過去。我們就這樣睡到下午，起來忍不住再來了一次。然後睡到傍晚，又發生了另一次。

直到我們終於願意穿上衣服出門走走，外頭已經只剩下夜市了。

她笑著對我說，早知道是這樣，她就不用提早一個禮拜規劃行程了。我則趕緊跟她賠不是，我說不然下禮拜或下下禮拜有空，我們再來一趟吧！

她急忙跑開，對我說，要是再來一趟，她身體可能會受不了呀！

我看著她調皮的模樣，連忙追了上去，而她則是發足往前跑，沿途發出了鈴般的笑聲。

這是我此生，最快樂的片刻了。

我們一直這樣開開心心地，沒有爭吵，似乎也別無所求一般，只是兩個人緊密地靠在一起，就這樣一直相伴下去。就在我們在一起的第二年，我決定要向她求婚。

二

這是一張死亡證明，上面註明是「意外身亡」……

一個與我同年出生且同名的，六歲孩子的死亡證明……

「妳難道不想有我們的孩子嗎？」

「我不知道，」她很猶豫，「說實話，若是可以，我真的很想……，很想有個孩子……，我們的孩子……」

「那就別再擔心了。」我堅定地看著她，「我上次不是拿了一篇報導給妳看過嗎？上面提到關於白化症的基因問題，也提到目前的醫學技術，已經足以避免該疾病的遺傳了不是嗎？」

但她低下了頭，逃避我的眼神。

「到底怎麼了呢？」我一臉困惑地看著她，「別人怎麼想我不管，但妳是我老婆，我們會有自己的孩子，只要我愛妳、妳愛我，而我們愛他，這不就夠了嗎？」

結婚至今已經一年多，我們非常快樂。有時候，我光是看著老婆，就覺得暈眩，彷彿置身不可思議的幸福裡。

但這已經不知道是第幾次，和老婆討論孩子的事情。她一直很猶豫；畢竟白化症有遺傳的可能，她不希望孩子過著跟她一樣的生活。雖然我時常在安撫她，甚至提出醫學報告，想讓她知道現在醫學可以進行的預防，但這樣仍然無法讓她放心。

「我知道，你一定會是個溫柔的父親的……」老婆低下頭，「對不起，我可能沒辦法給你你要的一切……」

「為什麼？」我不自覺地有些激動，驚動到在咖啡廳裡的顧客。我們還是不定期，會到當初認識的咖啡廳，和彼此約會。那天是星期六，我們相約在這邊晚餐。

「我難道給妳的保證還不夠多嗎？或是，我沒有給妳足夠的安全感？」我也不知道自己怎麼了，那天情緒特別激動；可能膠著在這件事情太久，我也被逼急了吧！其實我心裡也知道，老婆身體並不是很好，從小因為遺傳缺陷，常常生病。說實話，我很害怕。

我很害怕拖得越晚，老婆懷孕生產的風險就越高。

「我……」老婆有點驚訝地看著我，畢竟之前，我從未用這種語氣和她說話。

「我想要靜一靜，拜託你了。儘管我覺得，你是不會了解的……」

老婆丟下這句話，收拾了東西往外走。

……

……

這是我們第一次爭執。

我在店裡坐了許久，雖然一面覺得自己太衝動，但另一面，依舊不能理解老婆。是我的保證不夠多嗎？或是我找的資料不夠齊全？為什麼她就不能相信，無論發生什麼事情，我都會陪著她，還有陪著孩子一起承擔呢？

為什麼，她要因為我也擔心的事情而卻步，而不是選擇相信我，和我一起對抗這些困境呢？

回家的路上，我一直在想著這件事。還是跟老婆道歉好了。我心裡這樣想著，做為一個白子，她的一生鐵定遇過很多困難，而這些也如同她說的：「你是不會理解的。」

然而到家後發現，老婆並不在家。大概九點的時候，我接到老婆的簡訊。

「對不起，我今天想在娘家住一晚。一切都好，我只是需要時間靜一靜，明天就回去。謝謝你，我愛你。」

我看到訊息的同時，突然覺得自己很殘忍。我不用想也知道，老婆一定很想要個孩子的；每次和她逛百貨公司，她都會不自覺在嬰孩兒童用品的樓層停留……。拜訪有孩子的朋友時，她都是第一個跑去抱孩子，最後一個和孩子道別的人……。每次在家附近的小公園散步，她的目光總是望著在沙堆區的親子們……

明明知道她的心情，卻又讓她獨自面對這些情緒。

自己果然還是不夠成熟呀！

凌晨兩點半，我在床上輾轉難眠，腦海中不斷想起下午和老婆的對話，想起她遲疑的表情，還有她受傷的模樣……。有種衝動想要抱著老婆，想跟她說聲對不起，對不起，對不起……

……

……

門打開了，老婆竟然回家了。

我從床上跳了起來，跑過去抱著她。我感覺得出來她也很激動，她緊緊抱著我，把頭靠在我的肩膀上。

「怎麼大半夜跑回來，怎麼不在家裡先睡一覺呢？妳豈不是累壞了？」我一面驚訝之餘，一面還是擔心她一個女孩子大半夜從娘家趕回來。

「我……」老婆雪白的臉微微漲紅，「我……睡不著呀……」

我的心完全崩解了，我將老婆緊緊抱在懷裡，一直說著，對不起，對不起，對不起……。而她將我緊緊抱著，從來沒有過的那種緊緊抱著。她的身體因為啜泣，微微顫抖著，在我懷裡是那樣地脆弱……

她顫抖著，卻是那麼樣地堅定，堅定地，彷彿把自己全然交給我一樣。

彷彿我是她的一切一樣。

是了，此刻我是她的一切，而她也是我的一切……

這種感覺好熟悉。

這種感覺，不知道為什麼，這種顫抖的感覺，竟讓我覺得似曾相似……

……

……

「你知道嗎？」那天稍晚，我們抱著彼此躺在床上，老婆突然說著，「因為我是白子，從小常常被同學歧視，老實說現在根本記不得多少次了。國小的時候，同學都把我當成妖怪，他們拿石頭丟我，說我是日本鬼故事裡的雪女……。我那時候也不知道該怎麼辦，每次下課十分鐘，我都只能躲到廁所裡，避免被人看見，至少這樣不會受傷……」

「太過分了！」我氣憤地說，「難道老師都不管的嗎？」

「老師就算想管，也幫不了我多少。」老婆平靜地說，「在那個年代、那個年紀的小孩子，才不懂這些呢！況且，就算到了國中、高中，都還是有人對我充滿惡意。記得剛上國一的時候，我才剛坐到位置上，旁邊就有一個男同學舉手，要求老師幫他換座位；他的理由是，不想要被我傳染……」

我突然語塞；其實我一直知道，對於疾病患者的歧視與霸凌始終存在，但此刻，聽著老婆如此平靜地從口中說出來，我才像是被重重打了一拳一樣，一時之間連表達的能力都失去了。

「我一直不太敢接觸人群，害怕自己受傷，甚至有時候覺得，自己不屬於這個社會……。有時候，在真的非常低潮的時候，我甚至希望自己不要被生出來……。我並不責怪我的父母，我不責怪任何人，只是我害怕。我真的害怕。我知道你一直想告訴我，一切會沒事的，我也知道現在醫學發展已經足以預防，但我仍然害怕，……我仍然擔心那個千萬分之一的機會……。你知道嗎？我一直覺得自己只有自己可以依靠，只有自己會陪著自己走到最後了……」

我把老婆抱得更緊了。此刻多說什麼都沒有意義了，這個寂靜的夜裡，我只有她，她也只有我；我們擁抱著，有個自私的念頭，甚至希望時間不復存在……

「但一直到，直到我遇見你了。」不知道過了多久，老婆突然轉過頭來看著我；我一直沒有闔上眼，瞬間與她四目相接。

「直到遇見了你，才知道幸福安穩是什麼。所以……」老婆深呼吸了一口，「所以……嗯……」

「所以？」

「所以如果是因為你，」老婆突然笑了，「因為是我和你的孩子的話，我也想和你一起冒險看看。」

我也笑了。

我們抱著彼此笑得不可開交，然後睡去，沉沉地睡在無比甜美的夢中，……直到噩耗粉碎了雪白的夢……

……

……

由於隔天是週日，我睡到自然醒的時候，已經過了中午。張開眼想找些東西來吃，才發現老婆早就起床了，桌上放著她做到一半的三明治和咖啡……

而老婆在客廳，拿著電話，眼神茫然。

當她看著我，眼神驚慌失措。我下意識知道一切不對勁，跑上前去接過電話。

……

……

怎麼會？……車禍……

車禍？……爸媽他們……怎麼會這樣？……

由於事發突然，我腦子一片空白，我第一時間只想往外跑，只想趕回去看看，只想自己確認清楚，只想在確認之後發現一切只是誤會罷了……

我手忙腳亂，開了門就要往外衝；老婆拉住我，我一回頭，她將我緊緊抱在懷裡了。我不想這樣，我試著把她推開；可是她緊緊地抱住我，溫柔卻堅定地抱住我，一步也不讓我離開。

我動彈不得，而也是在那一瞬間，我才接受了現實……

爸媽走了，遠遠地離開我了……

再也沒有人，帶我上市場，帶我去學校，再也沒有人燒好一桌飯菜等我回家了……。我嚎啕大哭，有那麼一刻，我以為自己的心要哭碎了。我的眼淚不停流下來，身體不自覺地抽搐，我的世界就這麼瓦解了，那些美好的日子，彷彿再也不屬於我了……

而老婆只是抱著我。我一直哭了好久好久以後，才發現她也在哭，只是她壓低了聲音，不讓我聽見。她想要當我寧靜的避風港。

那是無比漫長的一天。

……

……

好久沒有回到老家來，一切的擺設如昔，彷彿什麼都不曾發生。

無論是牆上掛著的獎盃、照片、玩具，或是我房間裡的書和書架，所有東西都一塵不染，想必母親一定很珍惜，一定時常擦拭整理吧！算來，我離開家到台北生活，也已經七年了。

有時候因為工作繁忙，半年才有時間回家一趟，每次回來，爸媽就非要殺雞宰鴨的，煮得滿桌佳餚。我常常說，不需要這麼講究，隨便吃就好。可是他們還是老樣子，怕我在台北沒飯吃似的……

如今想起，只覺得無比難過。

我不餓，也不想睡，坐在屋子裡，只覺得爸媽好像還沒離開。

我看著忙進忙出的老婆，知道她一定累壞了。

從我得知消息以來，她一刻也沒休息過。她二話不說把她能請的年假、事假全部用上了，陪著我回鄉下、跑警局、上醫院，一面張羅爸媽後事，一面還要照顧我。儘管我什麼都不想吃，她還是每天上市場，烹煮豐盛的菜色，只希望我可以提起食慾。

就吃一點好嗎？稍微吃一些飯，才會有精神呀。她一直這麼對我說。

每當我獨自掉著眼淚，她會溫柔地抱著我。在鄉野的夜裡，吹起了侵膚的風。唯有緊緊抱著彼此時，我才能感覺，家仍然存在；我才能感覺寧靜，才能感覺自己還沒有瓦解崩潰。

她一直陪著我，鄉下的生活，對她這種在都市出生的人來說，辛苦得多。但她什麼都沒有抱怨，反而盡其所能為我處理所有雜務，讓我無後顧之憂。我覺得自己好脆弱，儘管，我多麼想要堅強起來。老婆從來沒有逼我，相反地，她心疼我落下的每一滴眼淚……

那些悲傷，彷彿永遠不可能抹滅的悲傷感覺，盤據在我心頭整整兩週。直到兩週過去，我才讓自己不再哭泣了。

那是一個晴朗的早晨，我起床坐在父親常坐的老藤椅上。

老婆儘管一早就出去買菜了，還是貼心地幫我準備好早餐。我一面吃著她特製的鮪魚蛋餅，一面看著晨間新聞。

想起以前趕著上學的時候，老爸總是看著報紙，嘲笑我說，又要遲到啦！爸媽，我想你們，我好想你們。對不起，這些日子因為工作，沒有辦法陪在你們身邊，想必你們一定很想我吧！爸，這輩子辛苦你了，謝謝你一直辛勤工作，才讓我長大成人。我從此也會好好工作，照顧家人，當一個頂天立地的男子漢，不讓你失望。媽媽，謝謝妳把我照顧得這麼好，吃的、穿的、用的，妳從來都把我擺在第一位。謝謝妳，對不起，對不起！……雖然我們說好了，以後要坐飛機去夏威夷，去倫敦鐵橋，去看自由女神像……。……對不起，我沒能實現這些夢想，沒能帶妳環遊世界……

我跪倒在神桌前，不能控制地嚎啕大哭。直到老婆買菜回來，直到她緊抱著我，直到我逐漸恢復意識，……已經是黃昏了，鄉野間傳來雀鳥回巢的叫聲。

我應該要振作起來了。

我站了起來，牽起老婆的手。仔細端詳她的臉龐，她瘦了好多，這幾天下來她也過得很煎熬吧。

「我們，我們去看日落好嗎？」

她先是有些困惑，然後便歡喜地笑了。那是我此生見過最美的笑容了。如同故鄉的落日一樣，如同坐在果菜市場吃糖的回憶一樣，如同母親溫暖柔軟的手一樣，美得不可思議。

我們走過一段緊靠著河堤的道路。

以前每次放學，母親都會親自來接我，陪我一起走這條路回家。那時候總是日落，我的影子，還有母親的影子都被拉得好長好長……。母親常說，有一天你會長得更高更高，到時候就要靠你來保護媽媽了……

「婆婆她，」老婆一路牽著我的手，「她一定是深愛著你的。」

「我知道，」雖然依舊悲傷，但我的情緒已經比前幾天平靜多了。「以前我媽都會接我上下學、親自幫我準備三餐，週末沒有特別的事情，都會盡量陪著我，帶我出去玩。雖然因為她是老師的關係，要排出時間與我共處並不是難事，但我知道，她是全心全意空出時間來照顧我的。」

「這樣說來，其實我在上國中以前，爸媽都忙於工作，大部分時候，都是奶奶和姑姑在照顧我的。」老婆說，「可能也是因為這樣，那時候我過得特別辛苦，明明心裡有很多委屈，卻沒有人可以講。」

「再也不會了！」我告訴老婆，「妳有我呢！」

老婆笑了，她再次握緊我的手。

「但說實話，」我想了一想，「我對小時候的事情印象很少，最多也只能回想到國小五六年級左右了，可能我真的很健忘吧！」

「那倒好！」老婆說，「我可真希望，自己可以完全忘記國小、國中甚至高中時候發生的事情。」

「對了，家裡有幾本相本，我媽以前常常拿給我看，不如現在就回家看看吧！她很愛說我小時候的事情。每次她都會拿照片給我看，說我喜歡玩橡皮球，有時候追著橡皮球跑，一整天都不會累。對於這些，我真的完完全全不記得了。」

晚上，為了翻出了櫃子裡的舊相本，我們也順便整理房子。因為爸媽離開之後，這間房子暫時沒有人住，先把重要的東西收拾過比較好。

我們翻出了好多舊東西。

像是我讀書時用過的書包、課本、作業簿，還有以前美術課畫的作品、考試作弊用的小抄、寫給心儀同學的情書等等。看著這些東西，我彷彿回到過去，和老婆滔滔不絕地講了好多年輕的事情；而她就像個天使，渾身純白的天使，笑著聽我說每一個故事……

爾後，直到找到幾本老相簿，以及爸媽結婚時拍的婚紗照。我逐頁指著每一個同學、親戚、朋友，手舞足蹈地向老婆解釋他們是誰、我們怎麼會認識、一起經過哪些事情，還有後來他們在做什麼……

「這個是你出生的時候呀？」老婆開心地打開一本很舊很舊的出生證明。

「是呀！」我笑著說，「妳看，這是我騎三輪車的照片，還有這個，這個就是我媽說的，我最喜歡的橡皮球。說實話，就算我看到照片，也完完全全想不起來這段記憶，可能是我的記性真的太差了。」

「你小時候好可愛呀！」老婆笑著說，「你長大變了很多耶！和小時候看起來很不一樣。如果我們有孩子的話，會不會出生時也長這個模樣呢？」

「可能是吧！」我笑著說，「小孩子長大長得很快。我媽常說，她覺得沒多久以前，我還在襁褓裡呢！一轉眼竟然就大了，大到要離開她，去台北工作了……」

一股鼻酸的感覺湧上心頭，我的眼淚潰堤在老婆懷裡……瞬間空氣凝住了，我原以為自己已經好多了，但直到開啟了另一扇回憶之門，才知道心痛的感覺從未消失。

而老婆，她只是靜靜地抱著我，沒有多說什麼。

我想親吻她，感覺還有那麼一個人，只屬於我。我和老婆擁吻著，一路從客廳抱著她，直到回到我父母的房間裡面。老婆緩緩解下身上的衣服，她雪白的肌膚隨時可以讓我瘋狂……

有一種罪惡感再次湧上，似乎伴隨著父母的死，不斷譴責我。但我實在不能再想這些，我的手指輕輕撫觸老婆的陰部，在我的觸摸之下，老婆發出孱弱的呻吟，身體也越來越濕潤……。我的身體也充血了，有一種想要永遠永遠和老婆結合的衝動，永遠永遠，再也不分開……

此刻的感受非常複雜，我似乎同時被等同巨大罪惡感的巨大悲傷追趕著，我分不清楚自己，是真的渴望與老婆結合，又或者想要逃離這個殘酷的世界……

我分不清楚，也不想分清楚，我們的身體重疊著，我們的汗液、唾液、體液交融在一起。老婆在我懷裡低吟著，讓我快要不能控制自己的身體……

啊……

擺盪，然後微弱呼叫……

啊……

老婆親吻著我，我們的身體完全合而為一了……

啊……

我想要屬於妳。

「啊啊啊啊……啊啊啊啊……」

啊……

啊……

請妳也屬於我。

……

……

我們都累了，在床上抱著彼此睡著了。

我做了一個下雪的夢。

夢中暴風雪一直吹，一直吹，我抱著老婆站在風雪之中……。怎麼一點都不冷啊？……喔，我緊緊抱著老婆，她也緊緊抱著我啊！……我被老婆緊緊抱著，那種溫暖的感覺，讓我一點也不感覺冷……

醒過來的時候，凌晨三點，老婆仍在熟睡。我想起那個夢境，下意識親了老婆的臉頰。

就在此刻，我瞥見床頭櫃和床之間，有個夾縫。平常我不會特別注意到這裡，只是正好從我倒臥的角度，可以看見這個夾縫。

那個夾縫裡似乎放著什麼。

我試著不吵醒老婆，想把卡在夾縫裡的東西拿出來，可是卻失敗了。最後不得已，只好請老婆幫忙。

我做夢也沒想到，這是一張非常重要的文件。

我竟然……從來不知道這件事……

……

……

這是一張死亡證明，上面註明是「意外身亡」……

一個與我同年出生且同名的，六歲孩子的死亡證明……

三

「我終於，我終於找到妳了。」

像雪一樣，在我記憶中的那一場雪，此刻驟然落下。

「今年過年要回去嗎？」

「回去哪裡？」我一時不知道老婆的意思，被她問得一頭霧水。

「台南呀！」老婆笑著說，「你傻了呀！就算爸媽不在了，你還是有很多親戚朋友在那邊吧！我們也不是常常回去，不如就趁過年回去串串門子吧！」

「這樣呀……」我這才回過神來，想了一想，「那妳怎麼辦呢？妳過年不回家這樣好嗎？」

「我呀！一天到晚在台北，隨時要回家都可以，況且還有我大哥他們，爸媽是不會孤單的。倒是你老家，沒有住人也過了三個月了，是該回去打掃打掃。」

我其實也想過，是不是應該要回家過年。只是覺得父母也不在了，的確沒有非要回去不可的理由……

或是說，如果這次回去，也是為了那件事情吧……

老婆似乎看出了我的遲疑，她一個箭步過來，抱著我。

「也許找個機會，問問那些長輩吧！我們會找出答案的。」

的確，從那天起，這件事情就一直困擾著我。

不可能有這麼巧的事情，一個和我同年又同名的孩子，在六歲的時候意外過世了……

難道是雙胞胎？我怎麼想都覺得不可能。不只爸媽沒有提過這件事情，在照片裡也不曾看過兩個孩子的合照……

的確和老婆說的一樣，我小時候的照片，不對，應該說是，那張小男孩的照片，眉毛與鼻樑的形狀，和現在的我一點都不像……

為何我從來沒有想過呢？可能我從來沒有想過這個可能……

難道……

難道……我不是他們的親生兒子！

為什麼從來沒有告訴過我。

發現死亡證明的那天，由於太過震驚，我一時沒辦法反應過來。直到老婆接過文件，仔細讀過之後，才確定這份文件是真的。

為什麼呢？我心中浮現巨大的困惑，為什麼從來沒有告訴我？文件上面註明，那男孩大概是六歲左右過世的……

仔細想想，的確，我對於自己小學以前的事情，都不太記得了。

至於老婆，在同樣震驚之餘，還是依舊溫柔地抱著我。她說，無論如何，他們隱瞞我也好，告訴我也好，這都不影響他們對我的愛。現在夜也深了，我們都勞碌一整天了，先休息吧！等到明天精神好，我再陪著你去公所看看。

但到了隔天，甚至，直到我父母的喪事結束，直到我們回台北，我們都沒有再提起這件事情。

也許是因為，這件事情事關重大，實在不適合，在父母治喪期間去追究吧！如今轉眼過了三個月，老婆再次提起，我才意識到自己其實非常在意。

「好呀！也好，」我避重就輕地說，「我以前和妳說過，我二姑姑做的佛跳牆非常好吃，要是告訴她我們要回去過年，她一定會邀請我們去她家吃飯的！我也好久沒有吃到了，想到就流口水了！」

在鄉下過年格外熱鬧。

與我猜想的一樣，只是不單二姑姑提出邀請而已；我特地回家過年這件事傳到其他親戚、鄰居耳裡，像大伯、姑媽、叔公、阿姨等等，都爭相邀請我們夫妻倆，去他們家裡作客。

其中，我大舅舅更是獨排眾議，堅持要我和老婆在他家吃年夜飯。

「沒有什麼可是不可是了！見舅如見娘，你娘如今不在了，大舅舅家就是你家。你既然回來了，沒有別的，就是在舅舅家吃年夜飯，聽到了沒！」

此外，出乎意料的，這段期間爸媽的老朋友、鄰居甚至同事，都非要到我家裡串門子。也許是因為，爸媽意外走得太急，有些人還不能接受這件事。當他們到我家作客，我和老婆熱情招待他們，就彷彿我父母還在世一樣……

從早到晚，家裡都是熱熱鬧鬧的，原本以為會非常清幽的新年假期，竟被熱情的大家弄得有些嘈雜。但我知道，老婆是很開心的，她很喜歡招呼我的親朋好友，她樂於當一個稱職的女主人。

直到初三晚上，我們到離家兩條巷子之外的二舅舅家作客。晚飯結束後，老婆想起明天要和大伯母早起去市場，就自己先回家了，留下我和二舅一起喝酒。

那天二舅舅多喝了些酒，一談到了我媽，仍然忍不住掉下淚來。在所有兄弟姐妹裡，就屬二舅舅和我媽最親，記得小時候，如果爸媽偶爾有小口角，媽媽都是跑到二舅舅那邊訴苦。

二舅舅說起我媽，他說我媽是世界上最善良的人，對我爸好，還有對我也好，因為心疼我過去的遭遇，甚至連罵我一句都不捨得……

由於我也喝了不少，也不想再裝傻了……

「在整理遺物的時候，我發現了一張，死亡證明。」我原本以為自己很冷靜，沒想到真的開口說出這些時，心跳得竟然如此之快。

二舅舅突然停下動作，他似乎也知道，我發現了很不得了的事情。

「我並不是媽的親生兒子吧！是嗎？」我又喝了一口酒壯膽，「我什麼都不記得了。我並不介意他們不告訴我這些，只是我已長大了，到底發生什麼事情，應該不必再瞞我了吧！」

二舅舅一開始只是驚訝，但看著我認真的表情，他也覺得不必再瞞。

「大妹呀！」二舅舅突然低著頭，不敢直視我的眼睛，「那個時候，她完全崩潰了。」二舅舅的表情嚴肅了起來。

「那個孩子，好像是在院子裡和你媽玩的時候，為了追一顆彈出去的橡皮球，才在門口被卡車撞到的。你媽，你媽當時目睹了一切。」

我完全可以想像，那是多麼巨大的創傷，那創傷的強度足以讓人崩潰，讓人意志消沉，讓人失去活下去的勇氣……

「你媽媽足足有一年，沒有辦法出門，任憑我們怎麼勸，怎麼安撫，她都走不出失去兒子的悲傷中。她一直覺得，都是她的錯，都是她沒有照顧好那孩子，才會造成這一切的。」

我感覺到無比震驚。我從來沒想過，母親居然有這一段悲傷的過去！

「那時候，我們真的沒有辦法了，」二舅舅說，「如果再不找出辦法，你媽媽隨時都有自殺的可能。就在那時候，我和你爸爸在孤兒院發現了你。」

我心頭一驚。

「當時，你剛被送到孤兒院裡，父母親不久前，都在旅行意外中過世了。這件事情應該對你造成很大的打擊，你什麼都不記得了，甚至喪失了語言能力。正好當時你七歲，和大妹的孩子同年出生。我們在孤兒院看見這樣的你，就決定要領養你……」

我的心情很複雜。的確，這些年來我知道，自己是被母親深深愛著的，但另一部分，自己卻也像是一個替代品一樣，替代母親一個死去的兒子，被母親深深深愛著……。母親到底是怎麼看我的呢？我不知道，也許不可能會知道了……

「你知道嗎？就在我們帶你回家那天，你筆直地跑進大妹懷裡，說了一聲，媽咪。我從來沒見過，大妹這麼激動過，她一直說，我的寶貝，我的寶貝，我的寶貝終於回來了……」

我聽著二舅舅這麼說，突然眼淚便掉了下來。

突然，好想抱著老婆。

「大妹在見到你之後，終於打起精神了。她比任何人都還要愛你、在乎你。有次你記得嗎？有次你們上市場，你不小心走失了，那次大妹差一點就瘋掉了……。我和你爸爸，都有接到她的電話，她在電話那頭哭得好淒厲、痛徹心扉……。我要告訴你的是，也許你並不是大妹的親生孩子，但她絕對是全心全意對你好的……」

「抱歉二舅，我想回家了……」

我甚至連向二舅媽好好道別都沒有，三步併兩步，我飛快地往家的方向跑去。突然好想、好想抱著老婆。我想告訴老婆，我曾經是個孤兒，然而是我媽媽拯救了我，我才能安安穩穩地成長到現在……

還有，我想告訴老婆，我愛她……

跑過兩條巷子，我從外頭看見客廳的燈還亮著。我急忙來到門口，連鑰匙都忘記要用，只是用力地敲著門。

「老婆！老婆！老婆是我！快開門！」

沒多久老婆就把門打開了。

「怎麼回事，哎呀！」老婆一把抱住我，「怎麼喝得這麼醉呢？」

她溫柔地把我摟進懷裡，沒事了，沒事了，她在我耳邊說著，沒事了，我陪著你……。聽著老婆這麼說，我的全身像是觸電了一樣……

「我呀……」老婆把我摟到懷裡，輕聲地說，「我有一件事情要告訴你。」

「一開始也是懷疑而已，只是一轉眼，已經三個月都沒有來了。剛剛我跑去買了試棒……」老婆講得有點激動，「我，我，我終於要當媽媽了……」

我突然睜大眼睛看著她。

我無法克制地發抖著，我要有孩子了！我們的孩子！她不只是我老婆了，還會是我孩子的母親。她是母親了呀！我激動地將老婆抱起，穿過了客廳、迴廊然後走進房間。我先是親吻她，溫柔深情地，……然後我不禁定睛看著老婆的臉龐。她淨白的肌膚和頭髮，在二月微涼的夜風中，顯得更白更白了，像雪一樣。

像雪一樣。

像雪一樣，在我記憶中的那一場雪，此刻驟然落下。

……

……

那一天我們原本要去賞雪，卻不小心迷了路，在途中碰上了暴風雪，一家三人被困在大雪裡……。眼看大雪逐漸將我們掩埋，我不停哭喊，好冷，好冷……

是了，我緊緊抱著老婆，越抱越緊，就是這樣一種顫抖的感覺……。那次，爸媽帶著我，去北海道玩，只因為我一直吵著想要看雪……。一場雪崩，把我們困在暴風雪裡，父親獨自前往求援，他告訴我們要留在原地不要動，他一定會找到人來救我們的。只是當時的雪越下越大，大到已經幾乎要把我們掩埋。我不停地說，媽媽，我好怕，我好冷，救救我……。母親強挺著身體，毅然決然脫下身上所有保暖衣服，讓我穿上，……她環抱著我，用體溫替我取暖。媽媽不停在我耳邊說，沒事了，沒事了，我會一直保護著你的。沒事了，沒事了……。那時候，雪已經越堆越高了。我看著媽媽的胸膛、臂膀、臉龐、頭髮，不斷堆上白雪，彷彿就要被白雪所吞噬，……但她仍然顫抖著說，寶貝不怕，很快就會有人來救我們了，快躲在媽媽懷裡，等一下風雪就過去了……。她全身顫抖著，卻又毫無猶豫地擁抱著我，她的胸膛、臂膀、臉龐、頭髮，不斷堆上白雪……。此刻，老婆在我懷裡也是不斷顫抖，甚至有點掙扎。是的，為什麼在交歡的當下，總是有種罪惡感湧上心頭？……為什麼一直感覺不完整了？……那時候在雪裡過了好久、好久，媽媽的身體已經被白雪完全覆蓋，但她仍不停在我耳邊說，不要怕，有媽媽在，有媽媽在，……在媽媽的懷裡。此刻我的老婆也是母親，我感覺她的心跳逐漸衰弱，體溫一點一滴地流失，慢慢地，她溫熱的胸膛逐漸變得冰涼，變得再也沒有心跳……。原來是體溫！不完整的感覺終於得到解答……。我越抱越緊，越抱越緊，老婆一面掙扎，一面瞠大雙眼，困惑地瞪著我看……。在狂暴的雪裡，媽媽像一尊雪白的雕像，為了守護我，體溫逐漸消逝……。儘管到最後一刻，媽媽仍然沒有絲毫遲疑；她仍緊抱著我，用盡力氣想要守護我……。我掐住了老婆的脖子，她掙扎不開。我感覺到了！就是這種感覺！她雪白的臉龐感覺到痛苦，身體的扭動也逐漸微弱。是了，就是這樣，和當初母親一樣，心跳逐漸微弱，逐漸微弱……。她的體溫從炙熱，逐漸下降，逐漸下降，逐漸下降，……終於終於，變得冰涼……。冰涼而雪白的身體、臉龐與頭髮，冰涼的她到最後一刻，還緊抓著我不放……。我感覺到此刻，一切都完整了，一切都結束了……

我輕輕擁著她，冰冷的老婆軟綿綿地倒在我身上，沒有瞑目。過去的那些寒冷與害怕，已逐步遠離；一道溫暖的日光劃破冰雪，照進我的心底……

「媽！」我輕輕抱著那個冰冷而雪白的女人。

「我終於，我終於找到妳了。」

女兒紅

今天，真的很高興大家都來參加我的婚禮，看到昔日的同事、好友齊聚，讓我感覺很激動，彷彿，我二十九年來就是為了這一刻而活一樣。首先我要再次謝謝珍婷，從我決定結婚以來，她就一直陪我挑選婚紗、選場地、試菜、印帖子。新娘的脾氣有時候真的很暴躁，謝謝妳一直支持我，鼓勵我，今天才能站在這裡跟大家分享我的喜悅；若是沒有妳我真的不知道如何是好。

妳不要比我先哭了啦，我還有好多的話要說。

我從小就不是一個愛做夢的孩子，跟一些想做大事業的同學不同，我期待的生活，也就是相夫教子、做個賢妻良母罷了。畢業之後，在幾間大公司當過職員，沒有太多成就，日子也過得隨便。

原以為自己還要這樣苟且過個數年，但就在這時候，碰到我生命中最重要的一個人；他現在就坐在我面前，那個筆挺英俊的男人，我的丈夫。他真的是個非常溫柔的人，對我很好，從來沒有一個人能夠跟他相比。偷偷告訴你們，我剛穿好白紗走下來，一見到他，他就非常激動地一直對我說，妳好漂亮，好美，好像天使。我聽得都臉紅了，而他就是這麼溫柔的一個人，溫柔得讓我已經開始捨不得了。

先跟各位貴賓說聲抱歉，我可能還有很多話要告訴大家。當初我請婚禮顧問保留一段時間給我，讓我把想說的話說完。

一開始他們還不敢相信我要站在台上那麼長的時間，畢竟穿禮服很厚重，通常都會坐著。一般新娘在婚禮上也只需要漂漂亮亮的，不會像我這麼多話；走動最多的機會，應該也只有沿桌敬酒的時候了吧。對了，想必剛剛大家都有喝了我的女兒紅。我記得剛剛周理事還說，從來沒有喝過這麼醇厚乾淨的酒水呢。這都要謝謝我的母親，當年準備了這麼珍貴的禮物。在老家的地窖裡躺了二十九年，這段歲月想必都化成了甘露了吧。

說到這裡，不得不跟大家提起我的老家，還有我的父親，邱萬水先生；各位賓客想必都熟識的。想起昨晚，我回到娘家裡住，感覺格外徬徨；畢竟隔天就是我一生一次的大日子，不免有些心神不寧。父親應該是知道我整夜難眠，專程在夜半替我煮了宵夜。他告訴我，他為我感到驕傲。父親也是溫柔的人，可能就是因為他的緣故，我才對同樣溫柔的丈夫毫無招架之力吧。

大家都知道，父親是鄉里間德高望重的仕紳，有幾間製鞋的工廠，再加上祖父曾是民意代表，在地方間極有名望。儘管有記憶以來，父親總是很忙碌，但在所有孩子裡，他總是對我特別地好。相較於我的兩個弟弟，他最常帶著我到公園玩耍，也最常偷偷給我零用錢，或在放學的時候買冰給我吃。

現在想起來，酸酸的情人果冰棒還是滋味猶新；人說女兒是父親上輩子的情人，我想這句話也有幾分道理。其中印象最深刻的一次，應該是我高中的時候，當時很迷戀偶像，堅持要上台北看演唱會。說來慚愧，我現在根本記不起偶像的名字。當時母親不同意，我在家裡哭鬧很久；但父親一回家，二話不說就請了他的助理帶我去台北，還包辦了我另外兩位同學的旅費，其中一位還坐在那裡呢。想到那時我們都還是高中生，淑華，沒想到妳也成了孩子的媽了。那天我真的好開心呢，因為父親還拜託一位有力的朋友，安排我們到後台給偶像簽名。現在想想，要是人生可以一直活得跟學生時代一樣天真快樂，不用煩憂那該有多好。

我知道的，親愛的，謝謝你。我知道你想把全世界的幸福都給我，我也是同等認真這麼想的。

父親總是對我這樣地好，無私地，如同虧欠過我什麼似的。相較於他，我母親便是比較嚴格的人，從小對我的管教甚嚴，對於我生活起居、禮節教條都十分在意。她常說，女人三從四德，要守婦德、盡孝道，才是真正有價值的女人。媽媽，很抱歉我現在這麼說，但對於一個曾在國外留學，有四分之一荷蘭人血統的人，這樣的觀念未免顯得保守。但我從來未曾反駁過妳，甚至，我把這些觀念深植在心底，並當成我的人生志向，以至於我從小便想嫁做人婦、幫夫持家。

也許一開始，我只是單純想要得到妳的認同。畢竟，可能妳覺得我是家中長女，很多時候應該要更獨立、更懂事，所以妳對我的要求也比較嚴苛。很多事情，儘管我已經盡大努力來完成，總是讓妳覺得不夠滿意。我很不想看見妳失望的表情，那種表情帶有淺淺的哀傷，像泛淚的星星，甚至有點恨意。

我那時候想，妳一定是恨鐵不成鋼，所以我一定要更努力一些。

只是，進入青春期後，我也和同年紀的孩子一樣叛逆，經常與您吵架，離家出走，甚至一度過著放浪、抽菸的荒誕生活。我之前跟老公提起這段時，他還不相信呢。他說，我沒有辦法想像天使和人打架的模樣。

真可愛，我想他是很愛很愛我，才會這麼驚訝吧。隨著年紀漸長，我終於逐漸走回正軌；也因為母親過去對我的管教，讓我懂得照顧自己、獨立生活，爾後在面對幾個重要人生的轉折，像是聯考、去外地讀書，甚至之後的重大變故，我都可以隨遇而安。現在想想，也是慶幸您當時的鞭策砥礪，我才能變得堅定強悍，儘管面對巨大的失望與挫折，仍然保有活著的勇氣，媽媽，謝謝妳。

各位賓客，請不要喧鬧。我知道我的發言很長，但今天是我最重要的日子，這些話是我二十九年來，非說不可的事。你們也許覺得事不關己，但事實並不是這麼回事。

親愛的，謝謝你，但也不要對賓客太兇呢。到該安靜下來的時候，大家自然會安靜下來的。

對了，差點忘了提到我的女兒紅。其實，我也是一直到讀大學的時候，我才知道自己有女兒紅。那時候是舊家的古厝要翻新，父親在跟工人討論時，被我碰巧聽到的。女兒紅，我以前曾在課本上讀過，以前好人家生女兒時，都會釀一甕紹興酒埋在地窖，等到女兒十六歲出嫁那天再拿出來宴客。

釀酒的過程，也如同養育兒女般地辛苦淬鍊。但願在未來，我也能有機會體驗這些辛勤與甜美。親愛的，我知道你也很想要有小孩，我也希望可以和你生下愛的結晶。當時一聽到我有女兒紅，還是非常震驚。我當真以為，那只是古代人才有的習俗罷了。

張理事、陳處長，你們都多喝一點，我可沒辦法再為你們多釀一罈酒，喝完了就沒有了唷。今天很難得，父親不用說，連平常不喝酒的母親都喝了一些，想必這女兒紅一定非常特別吧。我記得那時父親告訴我，這是妳媽媽在妳出生前，就幫妳準備好的。我當時真的非常開心。怎麼說呢，可能是得到了某種認同吧？畢竟，母親在我記憶裡實在太過嚴肅，有時候我總不免懷疑，她到底在不在意我。但當父親告訴我女兒紅的事，我才突然覺得，跟母親變得親近不少。

同時，這也激起了我的好奇。我真的很想到地窖看看，我的女兒紅究竟長什麼樣子。但現在想來，一個剛出國留學歸國，又有外國人血統的母親，居然會為自己的孩子釀下女兒紅，實在非常特別。

母親，我還可以這樣叫妳嗎？妳不再笑了，妳嚴肅的表情真可怕。

親愛的，我知道你很困惑，不要擔心。每次看見你露出像小狗一樣無辜失措的眼神，我都覺得很心疼呢。賓客果然都安靜下來了，人的確是很特別的生物，當場面突然變得緊張、空氣開始凝結的時候，自然都會變得好奇，進而變得沉默起來。

剛從哪裡說起呢，不對，應該是怎麼說明才最恰當呢。我為了這次發言準備了好久好久，像我的一輩子一樣久，竟還是有一瞬間的詞窮。

總之，我的確是在古厝翻修前，回老家的地窖看過一遍。我有記憶以來，從來沒有來過這個地方。那次還是俊野陪我過去的，表哥你還記得那次嗎？我要你陪我去地窖的時候，裡頭濕濕冷冷，像是恐怖片裡的場景一樣，你還差點在裡面滑跤。但你不知道的是，我在那裡發現遠比恐怖片還恐怖的事情。

我的女兒紅在一缸棗紅色的酒甕裡，擺在地窖最深最角落的位置。從釀製完成後，似乎沒有被任何人搬動過的樣子。我看見酒甕保存良好，只想拍下照片跟同學分享。那天我們花了好大的力氣，才終於把酒甕移動出來。表哥抱歉，還害你扭到手。照片拍好了，後來表哥也先上樓幫忙準備晚飯。喔對了，那次是中秋節，全家人要在古厝庭院烤肉。

我獨自在地窖裡看著我的女兒紅，只覺得又驚又喜。這甕和我一樣年紀的酒，究竟是什麼味道，我實在很好奇。看著看著，卻發現了一個驚人的圖樣，印在酒缸面牆的那側。我一開始以為只是一般的污漬，但仔細看過之後，發現是一個斑駁的箭頭向下——深紅色的，若不仔細看還不容易發現。當時我嚇出一身冷汗，很想大叫或跑開，雙手是顫抖的，雙腿不由自主地發軟；但我仍舊抵不住好奇，難道真的有什麼東西，一直壓在我的女兒紅底下？

現在說這個氣氛好像太凝重，我先說些快樂的事情好了，再喝杯酒吧。

我知道，我不會喝醉的，這是我們最重要的日子。我親愛的，我的丈夫，發誓要愛我一生的男人。打從一開始，我早就已經看中他了，直到後來越發現，自己果然沒有看走眼。我比他年紀大了三歲，雖然他總說，妳不管幾歲都像花一樣地美。

你在小時候就失去了母親，而你父親，也就是我的公公，就任地方檢察官，勞心勞力，很少有與你相聚的機會。你曾告訴我，從讀國小的時候開始，你就是一個人上學，一個人回家，一個人做晚餐。睡了以後父親才會回家，起床時父親早就出門。現在笑著說來輕鬆，但我想你一定是萬分孤單吧。很抱歉要在這裡，把你的心事說出來，希望你不要怪我才好。記得那次我們到高雄度假嗎？那天晚上，對，就是在旗津海邊我們喝得大醉的那天。你迷迷糊糊地，東倒西歪，一直喊我媽媽、媽媽。但想起那時你的模樣，就讓我心酸起來。你一邊哽咽，一邊告訴我，是你害死媽媽的。喔不，是怎麼回事，我懷抱裡的你在顫抖，我從來沒想過一個男人竟會有如此脆弱的時候，也讓我萬分心疼。

親愛的，我知道，你希望我不要說出來，但這是我一生一次的大日子，乖孩子，請你讓我說完好嗎？

總之，你告訴我，你母親是在生你的過程中去世的。你母親本來身體就很虛弱，在臨盆時發生了血崩的慘劇。在出事情的當下，你父親拜託醫生，棄子保母，要以你母親平安為重，但你母親卻不同意。她不同意割捨掉你，執意要把你生下來。

於是你活著，便是你母親能留給你最大的愛了。你哭著說，一直到後來聽親戚提起，才知道實情。而你也才知道，為何父親看你的眼神，總是有點閃爍，有所保留。也許他也不能原諒你，奪走了他人生的摯愛吧，醉時的你是這麼說的：難怪父親無時無刻都要工作，休假日也不肯回家，執意要調查案子；也許父親在心底的某一部分，是恨我的吧。

賓客們又開始騷動起來了，後面的客人是不是喝多了，居然倒頭就睡。不要喝太醉，我要把話全都說完才行。親愛的，你……

謝謝你，但也不要對賓客太兇呢，我知道你是為我好，我一直都知道。

我要先跟公公說聲，對不起，真的對不起。剛才的說法大大地褻瀆了您對社會的貢獻。我想在場的各位都知道，公公任檢察官多年，破獲多起大陸人蛇集團案件，解救了大量來台尋夢、卻受困於此的悲慘女性。甚至因此獲頒大量獎章，是許多後生晚輩的楷模。剛才若有冒犯，還望海涵。

回到那天晚上，我懷抱著你在海岸邊睡了一整晚。你記得嗎？後來我們都受了風寒，儘管如此，親愛的，你還是盡力呵護著我，明明自己也很不舒服，還堅持親自下廚，為我煮些營養的食物。因為你一直以來，都是這麼溫柔的男人。
我如果告訴你，我真的從一開始就看中了你，你還可以那麼愛我嗎？其實早在你告訴我這些以前，我就已經全部知道了。是的，早在遇見你之前。我全部都知道，包含你的求學歷程、家庭狀況，以及你母親難產致死的事情。親愛的，我知道你很訝異，我也很想快點把事情說清楚。
有一件事情要先跟你坦白，我的胸部動過手術。
看現場賓客的反應，也如同我的預期。的確，我天生不是一個大胸部的人，當時要去動手術，也讓家裡鬧得沸沸揚揚。最後還是在父親的支持下，全家人才沒有太多意見。隆乳是為了凸顯我的女性特質，因為女人的乳房，一定程度與生育、母性息息相關；而男人對大胸部的渴望，有部分也和對母親的情結有所關聯。
當然，那時的我也學著做菜打掃，學著當一個賢妻良母，變成一個你會深深愛上的人。如我所料，從小沒有母親的你，應該是渴望母愛的；渴望一個柔軟堅定、永遠為你張開雙臂的人存在，因此我們的戀愛始終很順利。很多次你說，我是這個世界上最了解你的人。的確，一開始我用盡了力氣接近你，想和你在一起，但你是這麼不可思議，是我所不能理解的美麗；當你親吻著我曾受傷的胸膛，那道凸起的傷疤，並告訴我：「妳好完美。」我發現你竟是這麼包容、這麼善良，讓我深深為你著迷。這也是為何我們會在這裡，舉辦一場婚禮的原因。

抱歉主持人，我知道時間已經不多了，我要說的也會快點說完。

親愛的，你眼中有好多的困惑，相信我，等等你就全部都懂了。爸爸、媽媽，你們表情很僵硬，是不是因為我現在的表現，又是一個讓你們失望的女兒？像我大學休學的時候一樣。啊，親愛的……

謝謝你。每當你抱著我，都讓我感覺溫暖呢。如果可以，就牽著我的手，陪伴著我好嗎？

那時我在台北變得孤僻、暴躁、情緒不穩定，也沒辦法好好上學。你們都以為我交了壞朋友，幫我辦了休學，要我回老家住一陣子。當然我沒有回去，因為那時候的我，完全不想和你們有所接觸，一心只想把自己關起來；嚴格說來，是一心想死。的確，我曾經那麼想死。

那時候的我，失去了生命裡所有依靠。曾經堅信不移的人事物，都打從心底崩解了，我只覺得噁心、骯髒、不見容於世。你們一定很難想像，那時唯一支持我活下去的，是一個名字，一個陌生的名字；一個我從未認識，卻又和我息息相關的名字。好幾次，在我差點要斷送自己生命的同時，我總想起這個名字，我想知道為什麼，還有到底發生過什麼事。想要尋死而不可得，卻也不能若無其事地活著了。

我放逐自己，開始在條通酒店上班了好一段時間，這也是鮮為人知的。是的，我曾出賣我廉價的肉體，任憑誰誰誰都能好好享用我的身軀，換取一次又一次的愛撫，與客人喝酒、性愛、吸毒，對我來說是家常便飯，而且我也不覺得有什麼不對；因為我，從來就不曾被真心對待。

親愛的，你哭了，我知道這對你而言很難熬，但我還是必須要說。乖乖，再到我懷裡來吧。我知道，我知道，你對我的過去都不在意……

沒想到中段也有一些賓客喝醉了，倒在桌上。陳處長你可別喝太多，我還有話沒說完呢。

我很久以前就困惑過，但一直到後來我才確定是為什麼；那是發生在我國中的事情了。爸媽，還有弟弟們，你們記得那次車禍嗎？那次放學回家的路上，小弟突然衝出馬路，把我跟二弟都嚇了一跳。我急忙衝上前去護著他，卻還是被後面的卡車撞上。我們兩人都被撞飛出去，受了重傷。救護車很快就把我跟弟弟送到醫院，母親也立刻趕到了。在意識模糊的片刻，我聽見了一段對話，是急診室醫生在詢問母親：「都是妳的孩子嗎？」「是的。」「需要緊急輸血，妳可以提供嗎？」「我，可以提供給我兒子。」

後來我就暈過去了，醒來之後手術已經結束，我躺在病床上。聽說後來是父親趕回來，輸血給我的。這麼多年來，我一直想要假裝自己沒有聽到那段對話，假裝自己，仍可能被母親深深愛著；我只能盡力表現，變得更優秀，希望母親可以注意到我。但是，我胸口上那道，車禍後微微隆起的傷疤，卻是怎麼也消不掉的。

也是一直到後來，我才知道一切都是枉然。

就在我回老家地窖，搬出女兒紅不久後，我去驗了血。父親是O型血，而母親是A型，我的兩個弟弟也是A型。理論上我的血型應該不是A型就是O型，但我是B型血；這代表，我不是母親的親生女兒。

那次意外當下，就算母親真的要輸血給我，也沒有辦法相容。同時證實了，壓在女兒紅下的東西是真實的。

大家果然都很訝異！對不起，各位賓客。我想你們原本只是單純參加一場婚禮，卻不知道我會說這麼多話。老實講，我身邊要好的朋友真的不多，同學、同事，很多早就沒在聯絡了，今天大家會來，很多也是看在我父親的面子上，非得過來一趟不可。特別諷刺的是，我竟也分不出誰只是逢場作戲、誰又是真心祝賀我的了。

無論如何，就請所有來賓把故事聽完吧，一切都快結束了。在我最低潮、最痛苦的時候，那個支持著我活下來、對我而言意義重大的陌生名字，居然在一次的新聞播報上聽到。你們可以想像我是如何激動嗎？是的，我確定就是他，沒錯。看著他一派輕鬆地微笑、滿心歡喜地鞠躬致意，我暴烈的怒火一發不可收拾；你如何可以活得如此心安理得？我這才終於明白，除了死亡，我還有更重要的事情要做。

大家別急著離席，是有些人不舒服嗎？看來大家的表情都很凝重。爸爸、媽媽，我還可以這樣叫你們嗎？你們臉色慘白，我想我知道為什麼。

那日在老家地窖下，我的女兒紅下，壓了一張紅字的信。內容非常簡單，但卻充滿深深的冤屈與恨意。信上寫：邱萬水，滿口謊言的偽君子，殺妻滅女，只為富家千金；劉季鑫，貪污狗官禽獸不如，黑箱吃案殺人兇手。我詛咒你們不得好死，絕子絕孫。

我想大家都知道，邱萬水是我父親，而劉季鑫，那個曾經陌生的名字，現在也坐在底下，也就是我的公公。

親愛的你好驚慌，不，我沒有騙人，這些事情都是千真萬確的。大家不要暴動了，現在就感覺到害怕還太早了！我父親的確殺了人，但早就過了法律追溯期，就算要追究，誰會為了一個偷渡的女子，全力偵辦在地方德高望重的父親呢？

陳處長，你還醒著嗎？還聽得懂我說的話嗎？你記得那次我們也是醉了，在辦公室裡親熱的那晚嗎？你怎麼不想想，為何會有年輕女子，夜半主動獻身給你這老頭？公務人員就是這樣，越居上位者，越是腐敗貪婪，噁心至極。我求你把檔案室的鑰匙借給我，你也就乖乖地拿出來。就是那次，我找到最關鍵的求救信。

二十九年前，那個偷渡女子姓孫名姿，也就是我的生母。她從大陸被騙隻身來台，逃出人蛇集團後原本只想回到故鄉過生活，後來遇見我父親，情投意合下便有了我，但當時父親已經和母親——我叫了二十九年母親的那個人訂婚了。母親家裡出身望族，是父親事業重要的投資者，這場婚事關係兩個大家族的聯姻，一點差錯也出不得。我的生母也不求名分，只希望和我過著安穩的日子。但父親因為害怕夜長夢多，便囚禁了我的生母。生母不得已，便想起之前偷渡過來時，曾不小心被抓到，遇見過一個檢察官，叫做劉季鑫，也就是我現在的公公。

她偷偷在一次父親外出的機會下，託下人送出一封求救信給我公公，希望他能救救她。當然，她的求救僅是枉然，當我在檔案室看見那張泛黃的求救信，以及上方「查無此人」的印章後，我的心寒得像是永凍的極地。

大家的騷動越來越誇張，但我不是在講故事，而是在告訴你們一件事實。倒下來的人越來越多，是醉暈了嗎？還是怎麼了呢？現在想走都太早了吧！不是專程來參加我的婚禮嗎？這場儀式還沒有結束呢，你們一個都不要走！如同大家現在所認知的：我的生母死了，被我父親殺死的；而最後一絲求救機會，也被我公公抹殺掉。

父親，我還應該這樣叫你嗎？還是我該叫你兇手，兇手，兇手！當初為何不殺死我，連同我一起抹殺掉不是很容易嗎？我那時只是個嬰孩，在不懂得疼痛以前就死，說不定還比較幸福。你知道我有多失望，你曾經是我多麼景仰的人！你曾經對我而言多麼重要！你也是我從小到大，唯一深深確信的人啊！但你居然是殺死我生母的兇手！我所確信的人生都瓦解了！我不知道該怎麼……

你不用道歉了！我不想聽也不重要，現在的眼淚也是多餘的，你知道我是如何熬過那時期每個痛哭的夜晚嗎？我不能再信任你了，我也不能再信任這個世界！……不要叫我冷靜下來！我現在比過去二十九年裡的每分每刻，都還要冷靜得多了！

養育我長大的這個母親啊！妳是怎麼看待我的？是個野女人的小雜種嗎？妳知道父親殺死我生母的事嗎？我想妳應該還是發現了吧！妳到底怎麼看我的？總是不出席家長會的妳是怎麼看我的？總是讓我穿別人不要的舊衣服、總是讓我放學等到最後一位、總是反對我所有計畫的妳，到底是怎麼看我的？

劉季鑫，我親愛的公公，你一定沒想到我就是孫姿的女兒吧！還是你忘了這個名字？我想你沒忘。你以為破獲更多更多的人蛇集團，就可以贖你過去所犯的罪嗎？我看見你在新聞上受獎時的表情，滿足、確信，讓我覺得無比噁心。如同上帝已經判你無罪一樣，彷彿過去的種種都是夢一場，現在的你已經不再戴著沉重的枷鎖了！你是這麼想的吧！才會用盡力氣，試著拯救更多的受困偷渡女性。

越是如此，我就越是惱怒！我的母親難道就是犧牲品！你們殘忍階級遊戲的犧牲品！一個被權貴迫害偷渡的女子難道就沒有活著的權利嗎？你貪生怕死，一被威脅逼迫，就低頭當一隻走狗！最後母親變成紀錄上的失蹤人口，你難道可以高枕無憂！所以我調查你，滲透你，觀察你所有的生活起居，以及你唯一的兒子。是的，也就是此刻要娶我的男人，我費盡心思讓他愛上我的男人，我親愛的……

啊！你是誰，過來幹什麼！

保護我，親愛的，救我！我的寶貝，快來救救媽媽。

啊！夠了，夠了，別打他了，別打他了，我知道你很生氣……

……

……

什麼，你……

……

……

你真的不在意嗎？

就算你知道我是多麼殘忍的女人，你也不在意嗎？就算我是故意迎合你的喜好，才讓你愛上我的，你也不在意嗎？

……

……

是嗎，你還替我感覺心疼……

從小到大，大家都在討好我，老師、朋友，甚至是不認識的陌生人都在討好我。我很清楚，我也知道為什麼。他們知道爸爸寵我，討好我也不是真心喜歡我，只是因為我家有錢，而爸爸很有權勢罷了，全都是虛假的。這個世界的特權太霸道，難道無名小卒就活該受罪嗎？難道我生母就該白白去死嗎？這些階級都該被消滅，我恨你們，恨所有攀權附貴的人，你們都是殺死我母親的幫兇！都是罪人！

珍婷，妳私底下也是討厭我的吧！妳別以為我不知道，妳背地裡把我說得一無是處，怎麼見到我還是可以一副若無其事的樣子，甚至剛才還假哭得跟真的一樣，好噁心！為何妳可以忍受我的脾氣？為何妳還是要迎合我？講到底也是為了我父親，為了錢，為了官商勾結！每次工程標案，妳們家都受了不少好處吧！

這場婚禮的賓客裡，有多少人是真心要祝福我的？你你你，別想走！那時候講得多好聽的祝詞，現在怎麼了，苗頭不對就想偷溜呀！還有你！不是上次才來求我父親幫你擺平建照的問題，說過要好好報答我們，現在怎麼像逃命似地往外跑！你們都有罪！哪有那麼便宜的事！

喂！我還沒說完，我說過我很冷靜了，你是誰啊！我是邱萬水的女兒耶！

不要碰我！我的寶貝，快來救媽媽，我好怕，救命啊！保護我，我的小乖乖……

……

……

我想你們都喝過我的女兒紅了！那才是我母親，我真正的母親，留給我的唯一禮物！也是我對這個不公不義的世界最後的復仇！

女兒紅裡已經被我下了劇毒！我故意違背傳統，從座位最後面開始敬酒，也是有原因的！坐在後面先喝過的人有些早就已經倒下了，其他人應該也感覺到身體變得很沉重吧！一個小時內，我們都會死，在場的每一個人，包含我自己！

果然暴動了呢，但趕去醫院已經太晚，不需要浪費時間了。

……

……

現在，你們可以開始害怕了……

啊！親愛的你……

……

……

這次你抱著我，我還是感覺溫暖呢。也許這就是我們的天長地久了，你願意原諒自私的我嗎？

……

……

是嗎？就算到最後一刻，你也會保護我呀。

再叫我一聲媽媽，再叫我一聲媽媽。

這次你不會再讓我一個人先走了，我知道；這次我也不會先離開你的。我最親愛的，我的寶貝，我的小乖乖，我的好兒子。

蟻

一

雅婷是個樸素又少話的女孩。

我一年前剛調到這個部門的時候，她已經在這裡工作很多年了。她是公司的庶務助理，平常負責一些文書發送與處理的工作，表現一直不突出，但也從未出過大錯。她上下班的時候會戴一頂編織的遮陽帽，把頭髮盤在裡頭，露出白皙的頸子；平常喜歡穿著單色的及膝洋裝，白色或米色，偶爾是黑色。她似乎不怕冷。記得去年冬天寒流來襲，整間辦公司的女同事們，每個人都穿了大衣棉襖，到公司還不停抱怨路上風有多大，就連我一個大男人，都要圍了個圍巾才肯出門。只有她，仍然一派自在地穿著洋裝，頭戴遮陽帽就到了公司。同事們都很驚訝，圍在她身邊說了好一會兒話，她也就微笑著，沒有多說什麼。

那時候，我也藉故走到她旁邊，笑著提醒她：「要是生病請假，可就沒有全勤獎金了唷。」

她只是瞪著大眼睛看看我，自言自語地說，這樣子呀。

隔天上班的時候，便看見她在洋裝的外頭，加上了一件大衣。但說實話，我並不認為她真的感覺冷。或許只是因為，不想再讓其他同事問東問西罷了。雅婷就是這樣的女孩，做事很低調、安分，不偷懶也不多事。和她同在一間辦公室裡，如果沒有特別注意，甚至不會發現她的存在。

但對我而言卻不是這麼回事；事實上，從我被調派到這個部門起，眼光從未離開過她。

她有一雙清澈的大眼睛，黑眼珠特別深邃，像一顆精磨過後的彈珠，專程鑲在人的眼窩中；修長而高挺的鼻子，以及小小的嘴巴。儘管稱不上別人口中的大美女，但她清秀的臉龐，讓我想起小時候幼稚園裡的大姐姐，感覺親切而溫暖。但其實，對大部分同事來說，雅婷根本稱不上「親切」；正確來說，她在大家眼中很內向，甚至有些冷漠。

但這樣的她，卻曾在我工作最低潮的時候，幫了我一把。

記得那次，是我剛被調派過來總公司的第一個禮拜。我從小在雲林鄉下長大，家裡人都是幹一些種田、養雞的粗活。小時候最期待的事情，就是每次週末，和家裡人進城裡賣雞，順便採買生活用品。從那個時候開始，我就一直很嚮往都市生活，渴望有一天能和城裡的人一樣，穿著筆挺的西裝，過著光鮮亮麗的生活。

事實上，我很不喜歡農村；每天只有野鳥和田埂的生活，使我覺得沮喪。

後來我考上了一間台中的大學，終於擺脫了老家。退伍之後也幸運地，在當地應徵上了一份會計事務所的工作，本來以為一切都會一帆風順。然而就在我開始工作的第三個月，事務所被更大的財團併購了，我因為人力配置需求，被調派到台北總公司支援。

我這輩子，還沒到過這麼大的城市生活過，更何況還是在一間摩天大樓裡的大公司裡工作，更是讓我不知所措。我人生地不熟，除了要把租屋處搞定，還要熟悉公司職權分配；第一個禮拜，就因為兩張預算報表交不出來，被老闆狠狠削了一頓。我從來沒有這麼沮喪過，可能從小在鄉下長大，沒有太多競爭壓力，課業一直名列前茅，體育競賽也都表現傑出。然而，一到城市裡，所有人的步調都好快，會議、報表、績效，隨時隨地都在檢視著你。

那個禮拜五晚上，我自己待在茶水間，思考著要怎麼樣把該死的報表完成，還是乾脆辭職回家算了。就在這時候，雅婷經過門口。事實上，她並不常出現在茶水間。她大部分的時間，都是待在座位上，靜靜地做自己的事情。下班了就回家，也不和人多說話。但那時，她看到我苦惱地癱坐在地上，竟主動過來和我說話。

「你，做不完嗎？」

「嗯……沒什麼，我很快就會完成的……」

「我幫你吧！」

她飛快地搶走了我手上的資料，一轉眼又回到座位上，我甚至還來不及答話。我很困惑她到底是認真的，還是在跟我開玩笑；因為我估計這份報表，至少得花兩個小時才能整理完成，她已經下班了，不需要再幫我這個忙。直到我跟著走回她的座位，看著她直挺挺地端坐著，一手翻看資料，一手飛快地打字，我才相信她是真的要幫助我。

二十分鐘以後，她突然抬頭看我。

「你上個月的平均差計算有錯誤，才會一直弄錯。我幫你修改好了，自己再回去看看吧。」

她順手把資料整理成光碟片，一併拿給我。

「謝謝妳，抱歉讓妳這麼麻煩，……不如讓我請妳吃個飯吧！……」

「不用了，我還有事情，下週一見。」

她以很快的速度，把桌面收拾乾淨，戴上她的遮陽帽，往外轉頭就走。我還來不及再說什麼，她已經離開了。

唯一可以確定的是，她幫我完成的報表，替我保住了工作。

之後幾次，我試著約她吃飯，想向她致謝，但每次都被拒絕了。她常常說她家裡有事，要盡早回家。我也試過幾次，想再約她共進午飯，但午休的時候，卻從未看過她出門買東西，也不曾帶便當來公司吃。雅婷就只是在工作完成後，趴在桌上睡個午覺。

雅婷每次都睡得很熟，手臂緊緊縮在一起，嘴角溫柔地上揚，像個孩子一樣。只是看著她的睡容，就彷彿一整天的疲勞，都會消除一樣。

但可能因為雅婷個性比較內向、少話，儘管已經在公司待了很長的時間，和她熟識的人仍然少之又少。嚴格說來，她並不是喜歡和大家往來的類型。

舉個例子來說，一間大公司多多少少都會有一些團聚活動，慶生、尾牙、春酒等等，雅婷一概不參與。我問過幾個和她有業務往來的同事，他們都說，雅婷工作效率很好，和她共事相當輕鬆，但都僅止於公事往來，從未談過任何工作以外的事情。

這讓我對她的背景很感興趣。

或許也是因為，我有點喜歡她的緣故吧！我曾偷偷調閱過人事處的檔案，想要多知道一些她的背景。她的就學資料很特別，似乎是在家自學的樣子，只有註明了考取「高中同等學歷」。另外，她的住址也很破碎，只寫了「新竹縣」，生日、血型等等欄位都是空白了。這反而讓我對她更加好奇了。若真要細究起來，她可以在二十分鐘內，完成讓我苦惱多時的報表，能力絕對不是一般高中學歷的程度而已。

我也曾經在下班時，偷偷跟蹤她，看看她住在哪裡，還有到底為什麼老是急著回家。但說來奇怪，我每次總是會跟丟。有時候她剛走下樓梯，或是經過一個街角，突然就不見人影。一開始我也不太在意，覺得可能是自己太疏忽了，但日子一久，我也覺得奇怪。

然而公司裡對她好奇的人，並不僅止於我一人。

伯雄坐的位置和我相隔兩個座位，和我在同一個工作團隊。他比我早一年調到總公司，算是我工作上的前輩。可能同樣是在鄉下長大的關係，伯雄個性很隨和，講話有時候直來直往，在工作上容易得罪別人。

之前有次，總經理巡視時，原本只是禮貌性詢問了大家對工作的意見；像我這種新人，一句話都不敢吭，但伯雄卻不一樣；他條列細數各種問題向總經理報告，讓主管當下幾乎掛不住面子。那次之後，伯雄被連續約談了好幾次。

可能也是這種大剌剌又有點白目的個性，讓我覺得很自在，相處起來特別投緣。他曾告訴我，之前他與雅婷也有業務往來，那時候他就覺得雅婷很奇怪了。

「怎麼說呢，就是覺得很疏離。」

伯雄說，之前和雅婷的接觸，無論是信件或是言語，都彷彿有一套制定好的格式一樣，不像一般人說話的樣子。例如第一次和雅婷面談報表的時候，雅婷竟然對他說「伯雄兄台鑒」，好像教科書裡背下來的句子，讓他很不習慣。但除此之外，雅婷的工作表現相當穩定，幾乎沒有出過紕漏。久而久之，他竟也漸漸覺得，雅婷只是個性單純的女孩子，甚至覺得她相當可愛。他曾經想藉由一些機會更認識雅婷，但屢屢遭到拒絕，後來他也放棄了。

「那你知道，雅婷住在哪裡嗎？」

「不知道耶，她來公司這麼久，從沒聽過她提起私事。」

「你會不會很好奇，她到底是哪裡人、家裡有什麼人之類的。」

「好奇歸好奇，但也不至於非要弄清楚不可，」伯雄笑著說，「你問這麼多，該不會你對她有意思吧！」

我後來沒有告訴伯雄，我喜歡雅婷的事情。我想伯雄是個溫和的人，要是有天我真的能和雅婷在一起了，他也不會有太多意見的。

二

從年初起，公司的業務一直持續增加，客戶量增加了三成。想當然耳，我們每天的工作也一直不斷增加，常常要加班。最近一位台中的大客戶，需要同仁親自接洽，我和伯雄就被分派到台中出差。三天兩夜的工作，還有補貼可以領，倒也是不累，只是長途開車，對容易暈車的我來說很痛苦。

「嘿，你沒事吧！」在回程的時候，伯雄問我。

「還好，只是有點暈，還撐得住。」

「沒差啦！我們休息一下子好了，反正現在還早，不急著回台北。」

伯雄在新竹下交流道，說要去吃一些道地的美食。伯雄以前是交通大學畢業的，對新竹很熟，甚至對於山區的祕密景點如數家珍。我想反正我也餓了，不如先休息一下，也會比較舒服。

「這一間的貢丸非常道地，沒有地方做得比這裡更好了。」

他推薦的地方果真不錯，連我也很驚訝，居然這麼好吃。之後他又載著我，到他之前讀書時常去的小店，他說這裡的紅豆湯和燒仙草，都超級好吃的。

「你真的知道很多美食耶！」我驚訝地說。

「哈，沒辦法，太愛吃了。」

「話說，有件事情我一直覺得很特別，你知道雅婷從來都不吃午飯的嗎？」

「有這回事？我倒是沒注意。」

「真的呀！你想想，她是不是從來沒有和大家一起訂便當，也不會出現在員工餐廳。」

「這個，好像真的耶。」伯雄一邊吃著燒仙草，「我以為她只是在節食，你知道的，女人都這樣，老是對自己的身材不滿意。對耶，聽你這樣一說，我才想起來，我們有事沒事，都會在茶水間碰到彼此，可能是出來偷個懶也好。但從以前到現在，我倒是沒有在茶水間遇過雅婷。」

「這個呀，我倒是有遇過一次。」我沒有把剛進公司的故事說完，可能是一種自以為是的優越感在作祟，感覺自己好像比起別人，對雅婷更熟識一些。

「你知道，她拒絕了很多次升遷的機會，後來連老闆都拿她沒轍。」

「的確，以她的年資，還有工作能力，的確應該得到更好的位置。」

「也不知道為什麼，她很排斥升遷。」伯雄吃完了燒仙草，又點了一碗紅豆湯。「真不知道她在想什麼。她好像也不缺錢，也沒有其他壓力，但常常要很早回家，也不知道她家裡的狀況怎麼樣。」

「會不會，其實她有個小孩？她會不會是單親媽媽？」我腦中靈光一閃，「有沒有可能，她是為了照顧她的孩子，想多花一點時間陪伴他們，才總是早早離開公司，又拒絕升遷的機會。」

「這個……也是不無可能啦！只是這種事情，我們也不好意思直接問她吧！」

「如果有孩子的話，很多事情也就合情合理了呀。」想一想，也許雅婷一直生活得很辛苦，但她沒有讓別人察覺罷了。

「但無論如何，我覺得她很孤僻。」伯雄說，「你想想嘛，怎麼有個人可以都不跟同事往來！你知道嗎？在公司裡待了很久的掃地阿姨，曾經跟我說過，雅婷剛到公司的時候，甚至不跟別人說話耶！阿姨跟我說，那時候雅婷看到有人就會躲開，好像很害怕似的。一直到後來，工作比較上手了，她才開始願意和大家說話。」

「聽說她剛到公司的時候，才十八九歲吧！到現在，已經待了六七年了。」伯雄似乎還很餓，仍然一直在端詳店內的菜單。「一個人在同一間公司，待了六七年卻一直在同樣的職位，既不想升遷，也不想表現，到底是為什麼呀？感覺起來，工作好像只是例行公事，像在打發時間一樣。」

「也許，她有我們不能理解的壓力吧？……」我還在沉思，有關她的孩子的事情。十八九歲未婚生子，自己獨力離家工作並撫養小孩……

「你知道，還有一件很特別的事情，也是掃地阿姨跟我說的。」

「什麼呀？」

「雅婷從來沒有休過年假，你知道嗎？她每年都把年假累積到過期，從來沒有用過。之前有次，老闆特別找她過去，希望她偶爾要休假，不要累倒，雅婷還誤以為老闆要開除她。所以後來，老闆也不敢再跟她提這件事情了。」

「其實最誇張的還不僅這些。」伯雄突然像是想到什麼似的，欲言又止。

「嗯……這個我也是聽說的，不知道是不是真的。就是之前，夏天偶爾會有颱風來襲，都會放颱風假的嘛！雅婷不知道為什麼，總是不會得知消息，老是冒著風雨到公司裡來，然後在樓下等一整天，等到下班時間到才回去。」

「怎麼可能？有人看到嗎？」

「我是聽總務組的人說的，好像是保全在看監視器的時候發現的。」伯雄接著說，「他們後來還專程跑去跟雅婷說，颱風天是不用到公司上班的。也不知道雅婷的回應是什麼，後來也就不了了之了。」

「都只是傳言吧！那些人還在公司嗎？我倒想自己去問問。」

「應該都離職了吧！那是好多年以前的事情了。」

「要是那些年假給我有多好。」想起下禮拜還要月會報，我就覺得開心不起來。

「現在想想她真的很奇怪，不懂我當初還有點喜歡她的說。」

「她的確有點奇怪，但也是有討人喜歡的地方啦！」

新竹的風很大，雖然已經接近春天了，在路上走動不免還是覺得寒冷。我們吃完甜點大約是晚上六點多，我坐上伯雄的車準備回台北。剛上車的時候，伯雄正好接到公司的訊息，花了好一段時間回覆。而我無聊地坐在副駕駛座上，望著前方的紅綠燈。

突然，我看見了一個熟悉的身影。

白色的洋裝，招牌的遮陽帽，纖瘦的身影……

「喂，喂，那個，不是雅婷嗎？」

「哪裡呀？蛤？」

「在那裡呀！人行道上，往左邊的小路走過去了！」我大聲地說著。雅婷走路的速度好快，一轉眼就快要消失在人群裡了。

「真的耶！好像是她，但怎麼可能！」伯雄半信半疑，但又下意識地把車發動了。「她今天，不是應該在上班嗎？」

「去看一眼吧！說不定是我們認錯人了。」

伯雄在同時發動了車，往雅婷行走的方向過去。這時候我又把她看得更清楚了，那個背影、行走的樣子，果然是雅婷沒錯。

「她到底要去哪裡呀？哎呀！糟糕。」

伯雄在紅綠燈前停了下來，眼看雅婷越走越快，在遠處左轉。我們等了一分鐘的紅燈，開到路口時，已經不見雅婷的人影了。

「那真的是她嗎？怎麼會到新竹來呀！」

「那是她沒錯！我很確定！」

我沒有告訴伯雄，我觀察過雅婷走路的姿勢。她在疾走的時候，身體會微微向前傾斜，彷彿快要跌倒似的。

「好，我再往前看看。」

伯雄把車子往裡面開，這條路似乎通往郊區，人煙越來越稀少。

「你還有看到雅婷嗎？」

「沒有耶，……怎麼會呢！一轉眼又不見了。」

「這個，我記得，雅婷走路速度是不是一直都很快呀！」我想起之前，幾次跟蹤雅婷，到頭來都跟丟的情景，突然覺得有點怪怪的。

「伯雄，我問你，一般人走路能走那麼快的嗎？」

「我不清楚耶，但這說不定就是雅婷要提早離開公司的原因。」伯雄推算著，「如果五點整準時下班，搭上第一班火車，現在的確會到新竹沒錯。」

「這樣呀……」我沉思著，突然想起之前偷看雅婷的員工資料，居住地的確是寫新竹沒錯……「若是每天都要來回台北上班，她為何不乾脆搬出來住，或是找個新竹當地的工作呢？」

「不然我們回去問問她好了。」

「這樣好嗎？我們這樣問她的私事很不禮貌吧！」有時候我覺得，伯雄做事都不顧後果，未免也太孩子氣了。

我們一路上沒有再提起這件事，但其實我心裡還是耿耿於懷。到底為什麼雅婷會出現在那裡？我心中被疑問塞滿，其實也巴不得直接向雅婷問個清楚。

隔天，雅婷仍舊準時上班，不和別人說話，時間到就下班，一如往常。

三

「我告訴你，我拿到了一個好東西。」伯雄偷偷摸摸地跟我說。

「什麼呀！」我想應該又是一些網路上買到的新玩具。伯雄比我大兩歲，但個性卻像個孩子一樣，老是喜歡在網路上買些新奇的東西。

「這個呀，你不要跟別人說唷！」伯雄小心翼翼地拿出一個小小的黑色塑膠球。「你知道這是什麼嗎？」

「不知道，該不會是什麼能量珠之類的東西吧！」我記得伯雄上次網購了一條能量項鍊，還跟我保證這條項鍊鐵定會替他招來財運。

「不是啦！」伯雄笑著說，「這是一個定位器。只要和手機程式連結起來，就可以精準定位持有者的所在地。」

「這樣呀，所以……你的意思是？……」我半信半疑地看著他。

「反正我們也沒有要做什麼壞事……」伯雄低聲地說，「我們只是好奇對吧！你應該也很想知道，雅婷下班到底都到哪裡去了吧！」
沒想到伯雄，也對那天的事耿耿於懷。
「但是這樣……是不是犯罪呀？」我有點遲疑。畢竟，雅婷這麼保護隱私的人，要是讓她發現了，應該會非常生氣吧！
「我們又沒有要幹嘛，只是看看她住哪裡嘛，有什麼關係。」
「這個，我想想……」
「你如果真的不加入就算了，我倒是要自己去看看。」
既然伯雄都這麼說了，我想與其像現在這樣，對她抱著太多疑問，倒不如自己去弄清楚怎麼回事。
「這個……我們只是要去看看她住在哪裡，對吧！」我心底還是不太確定這樣好不好，但巨大的好奇心已經失控地支配了我。
「放心，我們只是弄清楚她住哪裡罷了。」伯雄偷笑了一下，「不會有事的，去看看而已。」
下午的時候，我藉故去跟她說話，引開注意力，讓伯雄有時間把追蹤器放進雅婷的外套裡面。儘管每次都找不到話題和她說話，但我還是想辦法撐了一分多鐘。我問了一些公司上的事情，順便隨口問她，下班後到底都去哪裡了，為何這麼急著回去。一如往常，雅婷沒有正面回答，但卻也沒有顯得不耐煩，只是看著我，專心地聽我在說什麼。這反而讓我感覺有點不好意思，雅婷似乎很信任我，而我卻只想要窺探她的隱私。

但這種罪惡感一閃而過，接下來的時間裡，我的心被期待的感覺占據；彷彿是收看一部很長的連續劇，今晚終於要大結局的樣子。

五點一到，果不其然看見雅婷收拾好了東西，戴上她的帽子準備離開。我和伯雄沒有特別著急，因為只要追蹤器還在，雅婷的位置就相當清楚，不需要太擔心。

我們沒多久就在停車場集合，把手機程式打開。

「挖靠！」伯雄突然大叫了一聲，「這個追蹤器管不管用呀！之前用了幾次都好好的呀！還是根本是個瑕疵品吧！」

我靠過去看了一眼，上頭標記的位置在新北市，離公司已經很遠很遠了。

「會不會，其實雅婷有開車呢？」我一時也找不出解釋，但心中暗自祈禱，追蹤器不要故障了才好。

「不管了，追著指標去看看吧！」伯雄是個硬脾氣的人，既然決定了，他也沒有要放棄的意思。

我們開著車，順著指標的方向走，追蹤器也越跑越快，轉眼間已經到了桃園。「雅婷開車也開太快了吧！」伯雄很驚訝地說。

但其實我們心中，也許都暗自覺得，雅婷並不是在開車。

半小時候，當我們經過桃園交流道時，發現追蹤器已經到新竹了。「果然，我們那天看到的人就是雅婷！」

「她到底要去哪裡呀？看追蹤器的位置，那裡應該是山上吧！她去那邊幹什麼？」

「這個嘛……我也不知道耶……」我心中一面感覺困惑，一面又感覺無比興奮；未解的謎團今晚就會有答案了。

當我們在新竹下了交流道，追蹤器的位置已經定住不動了。

「我住在新竹這麼久，還不知道這裡是哪裡哩！」伯雄先把車子停在路邊，仔細琢磨著地圖定位。

「這個地點，好像沒有和任何道路連通的樣子，最近的一條路，都還要走一段山路才會抵達吧！」

儘管如此，但想到我們都已經追蹤到這裡來了，自然不可能說回去就回去。

這的確是一條郊區的小路，往山區的深處過去。伯雄一邊開，一邊自言自語。

「雅婷真的會來這裡嗎？到底是不是哪裡弄錯了？」

我心中也有同樣的疑問，雅婷她到底是誰，到這裡來幹什麼？

終於，一陣子過後，伯雄把車子停在路旁。

「我想，應該是那個方向吧！」伯雄指了兩點鐘方向。「我們爬上去，再走個半小時，應該就會到達追蹤器的位置。」

雖然我也半信半疑，但是到如今也只有硬著頭皮往前走了。這不是一條開通過後的道路；事實上，我們花了好大的力氣，才爬上了兩公尺高的岩壁，還有布滿藤蔓的山洞。雅婷這樣一個女孩子，怎麼可能爬得上這樣的道路？想想我覺得自己真的瘋了，居然相信伯雄的鬼話，一下班就和他跑到新竹不知名的深山裡。

「我們一定要往前走嗎？回去了好不好，大不了我明天直接去問雅婷到底下班都去哪裡罷了，何必要這樣子呢！」

「不，你等等，就快到了，就在前面了。」

伯雄的表情突然變得嚴肅而認真，我不禁被他說服了。

再往前走一段，又是一個巨大的峭壁，高達三公尺。伯雄說，照指標上的位置看來，應該只要爬上這座岩壁，就會看見了。岩壁雖然很陡峭，但好險我和伯雄都是在鄉下長大的孩子，還是保有小時候經常到處亂爬的能力。在攀爬的當下，我抬頭看見星空；滿天珠光寶氣的銀河，霎時讓我覺得震驚。我離開故鄉以後，就很久沒有看過這樣的天空了。突然想起母親，小時候在夏夜裡帶著我數星星的時候，也是這種萬里無雲的情景。

「也許雅婷只是想要在山裡過著平靜的生活吧……」不知道為什麼，我突然說出這些話。

「好了，到了，應該……就是那裡吧！」

伯雄指著前方，有一處燈火通明的地方。再走近一些看，竟是一棟夯土做的大宅。這棟房子外觀看起來毫不起眼，和現場的地形與植物融為一體，若不是燈火明亮，我和伯雄也很難發現。這棟大宅占地很廣大，依著坡壁向上蔓延，幾乎盤據了整座山壁。目測下來應該有七八層樓高，橫幅也有三棟樓的寬度。

「這裡，到底是什麼呀？」伯雄很驚訝地看著四周。

「好像是個，大家庭？」我也因為太驚訝，說不太出話來，「這個建築好特別，雅婷就住在這裡面嗎？」

「看起來應該是。」伯雄躡手躡腳地往前走，我也小心翼翼地跟著他。越接近大宅，看得越是清楚。大大小小的窗戶似乎沒有裝玻璃，裡頭人來人往，看起來相當忙碌。這個大宅的門口是一個巨大的拱門，有幾個人看起來在巡視環境，另外有幾個人像在打掃。

我很驚訝地發現，在這裡的所有人清一色都是女性。

她們都是留著中長髮的女子，穿著類似的洋裝，像是向同一個工廠訂製的一樣。來來往往，每個人都各司其職似的。這樣的景象，竟讓我覺得毛骨悚然。

「我們，要不要回去了算了……」雖然很想知道雅婷到底在哪裡，但我已經感覺害怕，「我們也已經知道她住在哪裡了呀！」

「也是，但……這到底是什麼地方，會不會是……人蛇集團，或是什麼犯罪組織……」伯雄小聲地說，「這些女人會不會是被控制了，在這裡做一些……你知道的……」

不能否認地，眼前這片情景，讓我覺得伯雄所言也不無道裡，我實在不知道到該如何是好，便和他繼續躲在角落的岩石後頭。

「怎麼辦？要走嗎？還是要再去看清楚？」

「你看，這些窗戶都沒有安玻璃，我們只要從旁邊爬進去，找一個人問問看，她們是不是被軟禁了就好。」伯雄嚴肅地說，「如果眼睜睜放著不管，怎麼對得起自己良心呢？你手機也準備好，如果等一下有任何突發事件，立刻報警，不要遲疑。」

「可是……如果雅婷真的要求救，上班的時候有那麼多機會，為什麼都不說呢？」

「你之前不是也說了嗎？說不定雅婷有她的苦楚，例如……或許……他們控制了她的孩子也說不定！」

「這個，確定嗎？我不知道這樣好嗎？」

「不然你在這裡等等我，我先從旁邊潛進去，你在這裡等著，我給你一個信號，再跟上來。」我還在沉思如何是好的時候，伯雄已經往大宅的左側走過去了。外觀看來，大宅左邊的山坡的確比較平緩，若要從外牆攀爬進去，沿著坡壁走，要走到四五樓的位置，也很容易。我想既然伯雄都過去了，自己留在原地也沒什麼意思。

「反正頂多，被裡面的人趕出來就是了。」我暗自這樣想，便往前跟上。

伯雄的腳程也很快，轉眼已經爬到三層樓的高度了。這時候裡頭突然有人疾行而過，我跟伯雄都嚇了一大跳，但幸好沒有被發現。

「我們從那邊的窗戶進去吧！看起來比較像一個房間。」

我們潛入的房間大概在四樓高的位置，房間不大，裡頭空蕩蕩的什麼都沒有。

「這裡沒有人呀……」伯雄悄聲地說。

我從門口往走廊望去，走廊連接著很多房間，但目前都是空的。走廊人來人往，大部分都是年輕的女子。我發現她們穿著也大同小異，都是白色或米色的洋裝，和雅婷一樣。

「我現在，過去向她們問問看，這裡到底是怎麼回事。要是真的是我們想多了，我們馬上就離開。你在這裡等著我，要是有突發事情發生，就立刻報警吧。」

「你要小心一點，不知道她們有沒有武器。」

「放心啦！只是一群女孩子而已。」

伯雄從房間裡走了出去，我仍躲在角落，心中感覺些許不安。

「嗨！抱歉打擾妳們了，我是來找我一個朋友，她叫雅婷，不知道她……」

我不敢相信我接下來看到的，甚至差一點，我就要叫出聲音來。

那些原本來來去去忙碌著的女孩，看見伯雄的一瞬間，突然從四面八方簇擁上來。第一個女孩一伸手，便刺穿了伯雄的胸膛。鮮血從伯雄的身體裡噴濺出來，倏忽之間，好幾雙手相繼刺穿伯雄的腹部、頭部、頸子，女孩子把他團團圍住，不停地攻擊他，直到後來血肉模糊，才停止下來。

我一時覺得腿軟，嚇得臉色發白，不知道如何是好。

怎麼會這樣，她們到底是誰？為什麼會發生這種事情？我該怎麼辦？會不會被殺掉？

我腦中沒有頭緒，只是一直想起伯雄被殺死的瞬間，血肉噴濺出來的畫面。

我要逃出這裡，但我的身體不聽使喚，一動也不能動。

終於，這些女孩終於從伯雄的屍體旁邊移動開來，四處搜尋的樣子。其中幾個人，開始發出了一種尖銳的叫聲，一個接著一個，她們彼此傳遞開來，就連大宅的另外一頭也發出了同樣的聲音。

她們飛快地跳出窗外，像在尋找什麼似的。

我知道自己若是出去一定會被發現。

想起雅婷走路的速度，我必須要開車才追得上，更何況是從這裡逃脫！

我腦海中一片空白，但眼看加入搜索的人越來越多，馬上就會走進這個房間裡頭。

我想左右都是死，乾脆一鼓作氣，往大宅裡頭衝。

穿過走廊的時候，我一度感覺腿軟，但求生本能告訴我，一旦我停下來，一定會被殺死的。

害怕的感覺在我腦中揮之不去，伯雄的血噴濺在走廊上，還只是轉眼之間的事情。她們不是人！人不可能有這麼大的力氣，可以一拳打穿人的身體！打穿人的腦袋……

怎麼辦？我在哪裡？要往哪邊走？

外頭的腳步聲越發巨大，尖銳的叫聲此起彼落，感覺她們一步步迫近我，我快要不能呼吸。

我闖入了一個巨大的房間。

這間房間目測挑高了大概三層樓，如同一個車站的大廳一樣。只是，地上滿是圓圓白白的球狀物體，每個直徑大概都有兩公尺，一列一列擺放整齊，布滿整個房間。偶爾，某幾個白色的球晃動起來，像是剛孵化的蟲一樣。

她們是怪物！我很確定！甚至不需要多看一眼，也能想見白色球裡面是什麼情況……

不好，從另一側的門外，一個女孩走了進來，看見我了。
她尖叫，並狂奔過來。
我想逃跑，但腿卻不聽使喚；那個女孩的速度好快，一瞬間來到我的身邊，一拳朝我的胸膛打過來……
「砰」的一聲，我跌坐在地上，以為自己死了。
睜開眼一看，那女孩倒在一旁，身體扭曲翻折，卻沒有流出半點血。
我抬頭，就被迅雷不及掩耳地抱起，往另一個方向衝刺。
瘦小的身體，乾淨的五官，我感覺得到她的頭髮擦過我臉龐。定睛一看，其實在她的長髮裡，竟藏著一雙觸角，不停擺動像是在搜索方向。
是雅婷，她抬起比自己體重還要重的我，竟像毫不費力一樣。
地上的白色圓球，每個都是一個瘦弱的胚胎，有一些已經長得很大，如同幼稚園的孩童一樣。我回頭看，剛剛的那個女孩儘管已經倒在地上，還是盡其所能地發出尖銳的呼叫聲。
雅婷穿越了幾列蟲卵間隙小道，氣溫越來越悶熱。白色圓球的胚胎仍舊遍布四周，只是越來越小，直徑大約只剩下一公尺左右。
「雅婷，這是怎麼回事？伯雄死掉了嗎？他死掉了嗎？」我有點語無倫次，而雅婷一句話都沒有說。

「雅婷，到底是怎麼了？告訴我好嗎？這裡是哪裡？」

「別說話。」雅婷顯得無比冷靜，「母后會聽見。」

「……」

突然眼前衝出了兩個女孩，看到了我，也是發狂地尖叫，暴衝過來。

雅婷一手一個，瞬間把兩人擊倒在地，並用力踏碎她們的頭顱。

骨骸濺射出來，卻沒有血。

我嚇呆了，一個腿軟又倒了下去。雅婷再次把我抱起，繼續往前走。

「為……為什麼……她們不是……，妳們不是……」我只聽見自己在顫抖。

「我也不知道為什麼，」雅婷突然停下來，看著我，露出之前在辦公室裡專注聽我說話時的神情；只是這次，好像又有一點不同。我不知道是不是錯覺，但我覺得此刻的雅婷，和以前不太一樣。她彷彿多了一點人性，彷彿擺脫了某種困住她的框架一樣。是的，此刻的她，和以前循規蹈矩、畏畏縮縮的樣子大不相同。她彷彿是從漫長的沉睡中醒過來，用全新的意志在和我對話。

「我從來沒有這種感覺，但，我知道我不可以，讓她們殺死你。」

雅婷把我帶到一個狹小的房間裡，大約是一間單人更衣室的大小，四周布滿黏液，卻散發出花蜜的香氣。

「雅婷！這是什麼意思？這到底……」

就在此刻，雅聽突然脫下了衣服，開始用嘴輕舔我的身體，並撕開我的衣服。我的身體逐漸布滿了她的口水，赤裸裸地沾在黏液上，我突然感覺無比的害怕。外頭的腳步聲持續著，像是還在搜尋什麼。我看見雅婷的觸角在我身上偵查著，然後接著舔我的身體，像是在清除什麼東西一樣。

「我要死了嗎？」眼前的事物實在太過荒謬，我一時不能釐清思緒，「為什麼？怎麼了？我會死嗎？」

然而雅婷突然溫柔地抱著我，她的身體和我緊緊接觸，加上花蜜的香氣，使我感覺迷惘。在那個瞬間，我看見雅婷原本平坦的胸部，竟逐漸豐滿起來，如同才剛成熟的女體，散發著誘人的氣息。

而我竟然勃起了。

不可思議地，我像是著魔一樣，對當下的此一氣氛感覺沉醉。伯雄才剛死，我還被困在這個充滿怪物的地方，能不能活下來都是問題，但我竟然勃起了。

雅婷對我的撫觸越發溫柔，她觸碰我身體的每一寸肌膚，她用舌頭輕舔過我的耳根，我竟不自覺地停止了掙扎。我想要弄懂，到底發生了什麼事情，但我的身體已經緊緊被牆面上的黏液吸住，我根本動彈不得。

雅婷將她白皙而粉紅的胸部，靠在我面前，我甚至有點窒息。然後，她輕柔而緩慢地，用自己的身體包覆住我堅硬不已的器官。

我感覺無比地舒服；器官的每一寸表面，都被緊密地吸附住，沒有一絲空隙。我幾乎要叫出聲音來，這種感覺前所未有，像是為我的性器量身訂做一樣，刺激我身體的每一條神經。我不能抗拒雅婷溫熱的身體，緊緊與我纏綿，像是再也分不開來一樣。興奮的感覺不能阻擋地一波接著一波，我喘著大氣，忍不住叫出聲音來……

「不行了……要出來了……」

我的身體受到無與倫比的刺激，已經不能承受更多。然而，雅婷卻沒有要停下來的意思。她的身體持續緊緊吸住我的身體，從頭部到根部，持續不停刺激。

我受不了了，痛苦地發出聲音，但雅婷用手摀住我，讓我發不出一點聲響。我全身都像是抽筋了，最敏感的部位持續被刺激，我只覺得自己的精液還緩緩地傾洩出來，或許還混雜著尿液，我完全搞不清楚了，只覺得全身的筋骨快要散開來了，卻被黏在牆壁上，完全無力反抗，只能原地發抖著嘶吼。

不知道持續了多久，直到後來我暈厥了過去。

我不知道自己暈倒了多久。

迷茫中，我只覺得雅婷也虛弱地靠在我身邊。

我彷彿看見，她的肚子逐漸變大、變大，瞬間變成一個孕婦那樣。她捧著自己的肚子，像是終於擁有自己的孩子，滿足地笑了。

我仍舊暈眩，卻漸漸覺得四周越發炙熱，彷彿起火一樣，整間屋子熊熊燃燒。

然後，我好像再度被抱起，凌空飛起。

我不確定是不是我的幻覺，雅婷彷彿長出翅膀來，挺著大肚子，抱著我飛過了一整片火場。

我實在太虛弱了，也不知道過了多久，才感覺自己倒在一片草地上，全身覆蓋了稻草和枝幹樹葉，我便又沉沉暈眩過去。

四

我醒過來的時候，已經昏迷了一個禮拜。聽別人說，我是在南投的山區被發現的，立刻就被送醫治療。我的家人都很著急，還以為我在台北與人結仇，才會被挾怨報復。

「一個晚上的時間，怎麼可能從台北被帶到南投山裡？」連警方都不能確定到底是怎麼回事。

我什麼都回答不出來，只能辯稱自己都不記得了。

至於伯雄，警方一直找不到他的下落，也找不到他的車，彷彿人間蒸發一樣，最後只能以失蹤結案。雖然伯雄的死狀還在我腦海中揮之不去，但我卻不敢多說什麼。有誰會相信這麼荒謬的事情，我只害怕自己被當成怪胎。

公司讓我留職停薪，休了半年的慰問假，同事都很關心我，也都因為伯雄的失蹤感覺難過。

除此之外，聽同事說那天起也沒再看過雅婷。公司方面有請警方協尋過，但卻因為對雅婷的背景所知太少，又找不到她的家人，最後也只能以失蹤結案。

「你那天晚上到底發生了什麼事情？」警方問過我無數次，而我都回答，我真的不記得了。

我真的不記得了。

我真的不記得了。

我真的不記得了。

我真的不記得了。

我也這樣反覆對自己說。

守護者

「人全，老師也就直說了，你投稿給○○出版社的三篇小說，我都讀完了。很難說我到底是喜歡，還是不喜歡，但就是感覺，你的作品還少了一點什麼。我由衷建議你，試著增加一些人生歷練，作品的深度才會體現出來。否則，你的想像力就是你的象牙塔，豐富你的同時，也完全拴住你。」

夜深了。

從窗外看出去，萬華的街道像是一塊破舊的電路板，部分零件還閃爍著信號，可是舊了，舊得不知道如何再被焊接，或重製，舊得再也沒有熟悉此道的師傅。然而這塊土地仍是閃閃發光，我可以看見的。從我眼中看見的世界，人與時間、車輪與路燈、時間的刀刻與輪轉，多麼具體而微，真的，我渴望世人也能看見，我眼中的世界。

這是我的天賦，我深信不疑。

國小三年級的我，那時候，當老師向班級裡吵鬧的同學們解釋雲的形成時，我心中的雲已經幻化出千種樣子；我變成了水滴，在日光下變得瘦而細長，透明的，從操場的跑道探上五層的樓台，越飛越高。我幻想空氣也是一種思緒，風也是一種思緒，還有日光照射的角度，足以復活一片荒蕪的土。

我超乎常人的想像力，將我的世界揉成不規則的形狀，再填上極其華麗的配色。我可以輕易地構思出一個的故事，或許悲傷，或許奇幻，那個世界不讓任何其他人想像得到，而我為此感覺自豪。

我，何人全，從小立志成為一名作家。

這樣的志向很多時候顯得無聊極了，事實上，其他同學的「我的志願」通常要精彩得多，我應該要立志成為太空人、總統，或是電影明星。但那時候我卻無比清楚，甚至比現在的自己還要清楚，我渴望成為一名作家，渴望與這個世界分享自己的眼。

幸運地，我的創作天分從小便相當顯著，我輕易地成為同學與老師眼中的，渾然天成的作家。我的文章隨時被刊上校刊、學生讀物，對我來說稀鬆平常；創作之於我，理所當然的事情。

曾經，有個對寫作毫不在行的人問我，寫出這些句子的時候，心裡想的是什麼？我想了一下，說，我寫下我眼中所看見的世界。

這是一個再誠實不過的答案，我寫下我眼中所見。很多時候我以為，靈感並不是開發出來的，而是自然而然，衝入我的眼前。這麼說似乎太驕傲了，聽起來像個自恃甚高的人，但其實我無心與人分享這些；在我心底裡，似乎不相信有人能全然理解我的感覺。

有時候，明知道一切狂想只發生在我腦中，但我仍為這些白日夢入迷，甚至到了出神的程度。從以前開始，我就經常有這樣的經歷，尤其是，發生在國小五年級的那次。

那是農曆過年前夕，我和家裡人去採買年貨。當時街道人山人海，道路上車水馬龍，非常擁擠。我非常喜歡吃糖炒栗子，一看到小販，就和父母親要了零用錢，跑去買回好大一袋。

一路吃著糖炒栗子的時候，我覺得自己好幸福，那一刻，我眼前的世界翻炒起來，所有擁擠在我身邊的人，突然化作黑沉沉的熱砂石推擠著我，將我包覆進芳甜的氣息裡。那一刻我也不知道自己怎麼了，覺得世界好輕，風好溫柔，眼前的嘈雜都融化了，我緩緩地往前走，無比舒服地，我往前走，然後再走……

當我再醒過來，自己已經躺在醫院病床上，全身包覆著紗布。母親後來轉述，我當時吃著糖炒栗子，筆直地往前一直走，像是四周的人潮與車陣都不存在似的；我就這樣一個人走到馬路上，被迎面而來的小轎車撞飛起來……

奇異的是，當我回想起這段經歷時，我彷彿還在自己的想像世界裡，瞬間失重漂浮的身體、紛飛起來的糖炒栗子、我的眼鏡、路旁老婆婆驚訝表情、我白色的布鞋、……緊急煞車的聲音，在我耳邊快速重播了三十次。……道路的柏油路粗糙的臉，……我旋轉了一圈、三圈、十五圈……。有那麼一刻，我覺得有張巨大的擁抱接住我的身體，將我輕輕地拋起、接住、輕放在路邊，……彷彿……

彷彿有個守護者一樣……

我的確是非常幸運。醫生說，這次車禍相當嚴重，但我的內臟在這麼強烈的衝擊下，竟都沒有受損，可能是奇蹟了。

那次我整整休息了三個多月，才恢復原狀。

我發現自己眼中超現實的世界，其實遠比自己想像中還要危險得多；如果太過著迷，甚至會讓我忽略了現實世界的危機。我珍視我的天賦，但更重要的，我要學著控制自己墜入白日夢的程度。

另一部分，也讓我相信，冥冥之中有一個守護者的存在。

也許類似的念頭，曾出現在每一個人的幻想之中，但我私心覺得，我的守護者似乎是更強大地存在；祂保護我，讓我免於滅亡，然後把超越世人能夠想像的奇幻世界，放在我的眼前。

十六歲的我，文章已經無數次刊登在學生刊物、校園報章上，然後我第一次，得到了文學獎的肯定，一座少年奇幻文學首獎。

其中一個評審，對於我小小年紀，竟可以構思出一座城市底下的奇幻下水道世界，感覺無比欽佩，他甚至說，只要我持續創作，一定會成為獨一無二的頂尖創作家。但奇怪的是，面對他這樣的評論，我竟是感覺汗顏的；事實上，我並非創造了這個世界，而是這個世界先存在於我的腦中、我的眼前，而我只是那個觀察者、記錄者以及轉述者。

十六歲的我，站在所有受獎人的最前面，接受群眾歡呼的我，直到現在，耳中似乎還可以聽見那個聲音。

沐浴在過去的記憶裡，似乎讓我暫時變得輕盈，如同塵或鴻毛一樣落在這個世界，而不沾染一絲絲人的習氣。此刻，凌晨兩點三十分，夜半的萬華寧靜而衰老，任何呼吸似乎隨時都可能終止。住在這間老公寓已經三年了，當初不顧家人反對，執意離家的我，此刻在台北孤單地獨居著。

高中畢業以後，我再也不想讀書了，應該說是，再也不想浪費時間在無意義的求學之路上。知道自己擁有的天賦，我更不應該浪費自己的才能。我毅然決然，在入學考試前夕離開了考場，然後直接入伍當兵。我堅持要走自己的道路，儘管家人反對、朋友質疑，我卻沒有任何一絲猶豫，沒有太多積蓄，就隻身搬到台北。我相信我眼前所見的，那個絕美異常的世界就在眼前，我只需要全心沉浸在其中，我便將發光發熱。

我持續創作不斷，如同我所堅信的，只要持續創作，我就會發光發熱。遺憾的是，能夠理解我的人，竟隨著時間過去變得越來越少。我不懂為什麼，但這個世界似乎在一步一步地遺棄我；是的，那種感覺在我眼中如同被遺棄一般。

我認為自己的作品依舊充滿創新、獨特的氛圍，但卻再難得到閱稿人的關注。過去三年，我向各大出版社投稿了近十部我的長篇作品，卻總是得到類似的評價：他們喜歡我天馬行空的想法，故事很美而結構完整，但關於人的理解似乎總是差那麼一點，使得角色缺乏人情世故的展現。

很多的閱稿人建議我，嘗試脫離學生時代的牢籠，進入社會打滾，對我的作品會有很大的幫助。但我卻為之氣結，說實話，我認為他們並沒有我的眼睛，他們不能理解我眼中的世界是什麼模樣。

幸好，我靠一間小型出版公司，每週出版的輕小說連載，得以勉強餬口。這間出版公司偏好的小說對品質的要求不高，服膺某一套邏輯，專門將同類型的暢銷作品，做出各種類似的拷貝版本。編輯最常丟給我的，都是目前同類出版社最暢銷的幾部作品，內容常常出現總裁與祕書、學長與學妹、契約婚姻、一日情人等等，然後她會希望，我能寫出類似的作品，以符合市場需求，簡單來說就是山寨版。

我本來就是一個對寫作有狂熱的人，生產這些無意義的文字，對我而言並不成問題，我甚至可以一人分飾多個作家，以不同筆名發表不同的連載。然而這些，並不能滿足我，我對於自己一直在複製同個框架的作品，感覺厭煩。

不能否認，在輕小說的領域，確實有很多突出的創作者，我知道自己，如果全心投入，一定也可以獲得一定程度的閱聽眾。但很遺憾，每當我想到這些，我眼前美好的世界就像在譴責我的背棄一樣……

我無法為了討好群眾而寫作。

因為這樣，我的作品產量雖然多，但大部分被編排在最不起眼的墊檔位置，而且為了編排或是販售需要，隨時都有被腰斬的可能。

然而我並不在意。

對我而言，真正符合我期待的作品，如同我的孩子一樣珍貴，這些拷貝其他作品的贗品，說實話，這些都只是拿文字換錢的一個過程。至少，這份工作的收入勉強可以負擔我的日常開銷。我是一個對居住環境要求很低的人，只要有足夠的空間讓我寫作，其他條件我都不介意。

我在舊萬華的商圈附近，找到了一間中型的舊華廈四樓。

這一帶的房子都很舊了，屋齡往往四十年左右，一棟比鄰著另一棟，蓋得密密麻麻。我常常覺得，推窗看出去，根本可以直接看穿隔壁樓房的客廳，密集得讓人窒息。這棟雖美其名為華廈，但電梯早已老舊，三不五時就會故障。大樓隔間非常混亂，一層樓又被隔分成好幾戶出售或出租，更是龍蛇雜處，出入複雜，當初找到這個地方，完全是因為便宜的緣故。月租金不含水電，只要兩千五的價格，在台北我看很難找到其他地方了。儘管居住環境混亂，甚至有很多關於鬧鬼的傳聞，但一點都沒有阻止我搬進這裡的決心。

事實上，我一來到這裡，就為這邊的氣息深深著迷。

怎麼說呢，應該是透過我的眼，又看見了另一個世界。

這個世界彷彿染上一層灰，如同拴上沉重枷鎖的鳥，仍舊負重飛翔的那種喜悅；如同足踏布滿燒紅炭石的路，但卻雀躍奔跑的孩子。這種生在死亡中的狂喜，讓我不由自主地被深深吸引……

那些死亡的謠言、鬼魂的軼事，在我眼中竟變得如此美麗而豐郁。

我的房間非常簡單，一進門是兩口老式瓦斯爐在左邊、封閉的壁窗連通一條巨大的排風管、沙發與不堪使用的舊電視，前方的窗戶直對另一棟大樓。右轉是一張睡床、一對桌椅、以及老舊的廁所。浴缸幾乎龜裂到不堪使用，角落布滿深暗色的霉。

就是這裡了，我竟為了這個快要腐爛的空間感覺雀躍，一住下來就是三年了。我常在半夜寫作，這種寂靜孤寂的感覺，使我文思泉湧。

但我很清楚，並不是今晚；今晚我是真的失眠了。腦中還在盤旋著，下午與老師見面的場景。

上禮拜，接到出版社的電話，說我之前投稿的作品，有某位知名老師讀過之後，想和我單獨談談。我非常興奮，他正是當時文學獎給我很高評價的那位老師，我想，如果是他的話，說不定可以幫我的作品順利出版。

下午我很早就到約好的咖啡廳等著，事實上，我甚至提早了兩個小時。我從一起床，心情就很激動，根本就停不下腳步，簡單梳洗完就狂奔出門了。我相信老師一定會喜歡我的作品的，一定，一切一定會順利的。

「人全，老師也就直說了，你投稿給○○出版社的三篇小說，我都讀完了。很難說我到底是喜歡，還是不喜歡，但就是感覺，你的作品還少了一點什麼。今天約你出來，就是想和你談談這件事情。你花了很多時間與精神在創作之中，才能架構出如此龐大而精巧的世界。我當初稱讚過你的，天馬行空的想像力依舊，很多出其不意的想法，至今仍讓我驚艷。但深論整部作品，你對人心的刻劃，著實不夠深刻。簡單來說，就是一部不食人間煙火的狂想曲，奇幻但很難引起共鳴。你還年輕，經歷的事情不多，要你的作品顯得閱歷豐厚很困難。我由衷建議你，試著增加人生歷練，練習觀察人情世故，作品的深度才會體現出來。否則，你的想像力就是你的象牙塔，豐富你的同時，也完全拴住你。」

這段話在我的腦海中打轉，那些字句彷彿變成雨，一點星火便能焚燒的火雨，下在我心底的樂園裡，轉眼間炙熱的世界把我逼得無路可退……

我幾次驚醒過來，倒在這個破敗不堪的房間裡。那麼一瞬間，我彷彿聽見廚房那頭，傳出碰撞的聲音。老房子的隔音一直都不好，我旁邊住的又是一對酗酒的兄弟，三不五時，就會有三教九流的人在隔壁通宵喝酒，好多次，他們在那頭敲敲打打，我也習以為常了。

既然醒來，我索性不睡了。我走向客廳那頭，想找些水喝，卻瞥見桌上擺著一罐可樂，喝到一半的樣子。我不記得自己何時打開可樂來喝的，昨天嗎？還是前天？或甚至是睡前？我真的不記得了，我只記得老師說過的話，一個字、一個字打在我心裡……

多麼希望，自己可以再健忘一些，似乎就可以連煩惱一同遺忘了。

我想跑出去，是的，我需要跑出去。

老師說得沒錯，我今年二十二歲，除了寫稿以外沒做過什麼工作，和同學相處得很一般，不突出也不被討厭，在學校除了寫作外也沒有其他特殊表現，唯一值得一提的，可能只有跑步比別人快一些吧；喜歡過兩個女孩子，卻從來沒有真正地交往過。我試著在作品中描繪人、描繪人性、寫愛與被愛的經歷；然而這些，對我而言從來不曾存在。我只是假設看似合理的情節，卻不確定是否只是我的想像。

如同我的白日夢一樣，盡是一些不著邊際的幻想。

我的世界崩塌了，他們說對了，父母、朋友、同學、師長們……

也許我只是一個凡人，眼中的世界和別人也沒什麼不同。

「我還是很期待你的作品，」老師離開前說了，「每個成功的作家都不免經歷創作瓶頸，你這麼年輕，如果早些想通，未來不可限量。」

想通？我應該要想通什麼？我真的毫無頭緒。

現在已經凌晨三點，外頭黑壓壓的一片。我從來沒有在這個時間點出門走走，這裡布滿腐敗的氣息，到了夜晚又更趨近於死亡。風是刺冷的，甚至可以讓磚頭生鏽。寧靜的路延伸下去，彷彿隨時會走出一個惡魔，告訴我，這就是盡頭了。

惡魔並沒有出現，迎面向我走來的是一名女人。

她的頭髮燙成波浪一般，蓋住半張臉，看起來不過三十出頭，身穿黑色薄紗上衣，以及膝上短裙。

她的面容白而無血色，擦上腮紅竟顯得相當突兀，她的鼻子不是特別高挺，嘴唇極薄而細，相較之下，連叼著的菸都顯得特別大。她並不是一般人眼中很漂亮的類型，但也不會被歸類為醜陋，只是她有個接近於死亡的眼神；她的眼神似乎是缺乏生命氣息的，如同一個木偶一樣，我可以看見的，那隻上蒼的手操縱著線偶，步履蹣跚地走過我的身邊。

我知道她住在和我同一棟大樓，幾次曾經在電梯裡遇見，但從沒打過招呼。住在這一區的人，十之八九都有艱辛的生活。那女人在這個時間點回家，如果我沒想錯，她應該剛接完客回來，才會如此疲憊。

她沒有看見我，就筆直地往大樓的方向走去。

這樣的女人，一個人獨居在這裡，靠出賣肉體過活，時不時要躲警察，也怕遇到地痞流氓，或是惡質的客人；這樣的女人，其所生活的世界，與我的截然不同。

不知道是否今夜特別低潮的緣故，明明不是第一次見到她，心中卻有一種很特別的感覺——彷彿有種緣分，從此刻開始將兩個陌生人，我和她，連結起來。

二

怎麼辦，有沒有誰可以救救我呢？……

我眼中的世界再美，我腦中存在的「守護者」再怎麼強大，此刻對我竟然一點意義都沒有了……

我要死了……。的確，我有可能就這麼死掉……

我從來沒有跟她說過話，自然也不會知道她的名字。我暗自稱呼她為霓虹，因為她就像夜裡，比較魅惑人心的那種廣告招牌，亮而不刺眼。

我後來才知道，霓虹住在我的斜下層的房間裡，我從窗戶向下看去，正好可以看見她家陽台，這讓我更能夠就近觀察她。通常，她白天不會出門，偶爾幾次白天出門都已是傍晚，到附近的黃昏市場買菜。

她這個時候，通常會穿著運動服，與夜裡如同一朵黑玫瑰的模樣，判若兩人。不變的是，她的長髮遮著半張臉，仍隨時散發出一股神祕氣息。

我不知道她平常都吃些什麼過活，因為她買的食材很簡單，幾樣蔬菜、豆腐以及醃漬品，量都不多，而且前後趟採買間隔約一週，很難想像一個人的食量這麼小。雖然，霓虹已經比我前幾次在電梯裡遇見時，身體明顯胖了一些，但在我眼中，夜裡的她仍像是一隻行走的骷髏，無論身形或是空洞的眼神。她很瘦，幾次手臂露出袖口，幾乎是一隻乾枯的骨頭。

然而，此刻漫步在市場的她，幾乎和常人無異，我的意思是說，沒有任何風塵的痕跡。

相較於白天，夜裡就刺激得多。

第一次跟蹤她，是在和老師會面之後三天。

那次偶遇她以來，我時不時會想起她；不知為何，心中有一種躁動，一直想對她的生活一探究竟。當天下午我很早就完成編輯要求的工作，晚上我下意識穿上暗色系的衣服，手中握著筆記本，眼神望下窗外。霓虹家裡的燈亮著，應該在準備出門工作。

明明在自己家中，我的心情卻非常緊張，我從來沒想過，自己居然有跟蹤別人的一天。

大約是晚上十點，我看見霓虹熄了燈，我也立刻向外走去。我很激動，說真的，從我眼中看見這一切，無比荒唐而美好；我在一個安穩的距離，旁觀一場美麗的悲劇，一朵在污泥與煉獄中綻放的黑玫瑰，我細看她的刺、她的長髮、她黑霧一樣的身影。我很少在夜裡出門，一個原因也是在萬華，街頭常聚著流浪漢，他們或坐或躺，各自占據街道的角落。他們像墜落煉獄的罪人，在寒風中凋零。而霓虹，霓虹她，根生於這塊最底層、最骯髒的土地，竟沒有絲毫違和。這裡是一座逐漸下陷的城，我們被慾望綁架，被貧窮折磨，這個偌大的城市，需要有最黑的陰影。

我隨著霓虹的腳步，躲在騎樓的庇護下噤聲地走。我可以看見的，深藏在陰影底下，這裡是慾望的發源地，充斥著燥熱的人。我眼中，月光變成一種炙熱的眼神，這些受罪之人，彷彿連照射月光也會灼傷一樣，脆弱地蜷曲在城市陰影裡。霓虹倚靠著磚牆點了菸，菸頭彷彿窮人的流星，劃破吐霧的夜。

我就在兩條街之外，窺視著她。儘管已經夜深，但反而聚集了更多的人。他們或老或少，或瘦或胖，他們走進慾望的循環裡，如同跌落漩渦之中。好幾次，不同男人走近霓虹，似乎在商量什麼……。距離太遠我聽不見他們說什麼，但慾望的循環繼續繞，似乎沒有停下來的跡象……

終於，一個微禿的中年男子，似乎和霓虹達成協議，他們隱匿地比肩齊步，一轉眼走進道路旁的小巷子內。

我急忙追隨上去。巷子很深，聚集著更多見不得光的遊魂，當我走近，他們的手不斷撲向我，似乎想要掠奪些什麼。儘管我不覺得自己有危險，但我還是決定在此打住，一方面我不想被太多人注視，一方面也不想打擾霓虹的工作。

我在巷口等了許久，夜的魑魅魍魎不斷在搜索替死鬼一般，慾望裡充滿衰老與死亡的氣息。

終於，不知道過了多久，那名微禿的男子率先走出巷子，他急急忙忙的樣子，似乎不想讓人看見一樣，賊頭賊腦地左顧右盼，才發足向右方疾行。過了一會兒工夫，霓虹披頭散髮地衝出來，腳步一拐一拐地，似乎受了什麼傷一樣，鞋跟也好像斷了。

第一次看見她，一直以頭髮蓋住的左臉，眉間原來有一塊暗褐色傷疤。

我知道發生了什麼事，可是我不確定該不該過去看看霓虹。不知為何，我直覺朝剛剛那名中年男子的方向追去。我心中的天秤告訴我，自己應該做些什麼。我眼中的世界彷彿長出串連的毒瘤，自霓虹落腳的那塊土地蔓延出來，或豬肝紅或暗墨綠的膿，占領這條街。這條污穢卻平衡的街，被一個更齷齪的靈魂破壞了，讓原本黯淡的夜顯得更加殘破不堪……

我發足狂奔，一面想從眼前的悲劇逃開，一面想為卑微人們的一點尊嚴作戰……

我也不知道為什麼，但這個迷惘而幽暗的夜，給了我巨大的屏障，讓我不自覺地湧出一股勇氣。接下來的事情，回想起來的感覺很不真實，彷彿自己只是旁觀者，在看一場故事罷了。總之，我找到了他，並且在暗巷中打了他一頓。我的運動細胞一直不錯，加上對方又有些年紀，我很輕鬆地就把他打倒在地。這輩子從未打過架的我，第一次竟做得如此順手，連我自己都很訝異。我搶走了他皮夾裡的錢，僅僅只有一千元，我想他本來就壓根沒打算付錢吧！

我依舊沒有和霓虹說到任何一句話，我只把這一千元偷偷塞在霓虹家的門縫裡，就算是對她的微薄補償。

有一個奇怪的念頭閃入腦中——不知不覺中，自己竟成為霓虹的守護者了。

回家後，災厄之夜的黑玫瑰、道貌岸然的人們、脹紅的陰莖與金錢與胭脂，還有，那個暗巷中的眼，我的眼，一個忠誠的靈魂，那隻，守護者的眼，……我腦中浮現無數的意象與文字，我一開始動筆便不能停止下來，自凌晨一路寫到當天下午，我才因為太過疲憊，趴倒在書桌前睡著了。儘管如此，那個神祕的世界依舊出現在我的夢中，紛飛的烏鴉、風吹起的黑色落葉，還有霓虹眼角深褐色的疤……

不能否認地，我著實因為霓虹，體驗了世界截然不同的樣貌，在我的作品中更為明顯。事實上，我感覺到，自己的作品一直缺失了什麼，而那些能量正在累積，正在醞釀更出色的情節……。我確信，這部作品將與過去截然不同！

我越是文思泉湧，越是不可自拔地想要知道霓虹的一切。

我將霓虹每天出入作息，寫在筆記本上。霓虹很受客人的喜愛，一個晚上最多可以接觸三位客人。而我就只是遠遠地看著她，伸手攬上一個又一個被慾望支配的男體。

我知道她眼神為何是死的。

她把自己的靈魂掏空給媚惑的夜晚了。

我著迷於這個念頭，我想知道她的一切：我的世界裡，她有時是夜的女王，性是她的食物，美麗是陷阱，靈魂是唯一的財富……。在守護者照看的夜裡，霓虹足以支配所有意志動搖的低等人性；又或著，霓虹可以是最低賤的、最殘破的身體，對於不堪的命運一點還手的力氣都沒有，只能殘喘在凋零的月色中，任人把玩、扔棄、凌遲受辱，……而守護者一而再，只為了維繫她的靈魂完整而使盡全力。每次跟蹤她都是奇幻的體驗……

我沒想過這竟是萬華的夜。

然而，現實總是不如想像中順遂；而我，我其實遠比自己所想像的怯弱。到了跟蹤她的第二週某夜，我一如往常隨著她來到固定接客的地方。第一位客人並沒有異狀，而是到午夜以後，三個貌似流氓的少年圍住霓虹，言語輕浮，不知道要對她做什麼。霓虹一開始只是有點不耐煩，想要打發走他們，殊不知他們講話聲音越來越大，看他們一臉紅通通的樣子，似乎喝了不少酒。

原本在附近徘徊的人，瞬間一哄而散。

我知道他們在找霓虹麻煩，但那三個青年，可不像前幾天的中年人好應付了。他們身強體壯，其中一人手臂上還盤繞著刺青，我一個人根本不是他們的對手。要報警嗎？我一時之間慌了手腳。眼看他們圍住了霓虹，看來沒有要讓她離開的樣子……

可是霓虹，霓虹她也不能被警察抓到吧？我感覺到極度恐懼。

這一個黑吃黑、見不得光的世界，所謂的惡竟有多麼霸道，而弱者又是多麼脆弱……

我該怎麼辦？我是不是應該上前幫忙？眼看他們半推半搡，將霓虹往前帶走，我的心越來越慌張。我如果衝上去，有多少機率可以把霓虹帶走？又有多少機率可能被打倒在地？又有另一個念頭閃過我的腦中：死亡，我從沒想過死亡也許就在咫尺之間。

我到底可以怎麼辦？憑我一個人的力量是打不過他們的，要是此刻能有一群好心人經過就好了；又或者，突如其來的警察臨檢，什麼都好，只要可以把霓虹救下來……

我好渺小。

那一刻，我感覺自己在惡意縱橫的夜裡，無比渺小。

如果我連保護她的勇氣都沒有，怎麼自稱為她的守護者呢？

但是，……我一個人隻身北上，在這邊無親無故，要是真出了什麼事，受傷了，或甚至是……死了，也根本沒有人會發現吧！

為了一個素昧平生的人，值得嗎？

我心中不斷思索著。如此，越是考慮，越是不知道如何是好。

眼看霓虹被帶到更遠的街角了，在這期間她試圖要從後方逃跑，卻又被拉住，只得跟著他們前進。我在心中暗自詛咒這群人，小心翼翼地跟蹤著。

忽然，其中一個年輕人，手臂上有刺青的那位，突然開始東張西望，似乎發現附近有人在看著的樣子。因為他停下腳步，另外兩個人也跟著他停下來，開始四處張望。

當他一眼望過來，那隻銳利的眼睛震懾了我。

我當下只想要逃跑，但雙腳竟覺得有點腿軟……。我不知道那些喝了酒的惡少，想要對霓虹做什麼，我只知道他們看到我了，看到站在對街偷窺的我……。兩個，三個，他們的眼睛全部望向我，他們發現我了……

怎麼辦？我眼前一黑，幾乎失去力氣……

那個刺青男往我的方向走過來，他似乎很生氣，整張臉比起剛剛更加赤紅，我該跑嗎？我真的不知道，現在跑還來得及嗎？他們會不會追上來？我跑得夠快嗎？

另外一個人跟了上來，他們兇惡的表情，似乎要對我不利……。我要跑才對，是的，我要跑，可是我被嚇壞了。那一刻我不知為何，身體竟然停在原地，動彈不得……

怎麼辦，有沒有誰可以救救我呢？……

我眼中的世界再美，我腦中存在的「守護者」再怎麼強大，此刻對我竟然一點意義都沒有了……

我要死了……。的確，我有可能就這麼死掉……

……

……

但……

……

……

竟然是霓虹救了我。

難道她認出我了嗎？我不知道她在想什麼。原本對他們愛理不理的霓虹，竟主動伸手，一把將刺青男往回拉，順勢帶著他和其他兩人繼續往前走……

我趁著這個空檔拔腿就跑。

我用力跑著，往家的方向發足狂奔；我此生從來沒有這麼害怕過。

我的雙腳還在顫抖，我的頭頂冷汗直流……

……

……

到頭來，居然還是霓虹替我解圍了……

不知道她還好嗎……
她還好嗎……
她還好嗎……
她還好嗎……
她還好嗎……
……
……

一進家門，我不爭氣地，倒在床上嚎啕大哭。一部分是自己，剛剛在心底經歷了生死交關的瞬間，一部分則是，意識到自己無比地脆弱……

我還是太天真了吧！

我好擔心霓虹，然而我卻束手無策；也許早該報警的！如果早點報警，霓虹就不會被帶走了……

她會不會有事？他們會不會傷害她？我現在要不要報警？還是我應該再回去看看？我蹲伏在門邊，抱著自己的身體不斷哭泣……

這個夜好漫長好漫長，我一直等不到霓虹回家……

兩點，三點，平常這時候她早該到家了。……四點，五點，……我已經害怕得想立刻到警局報案……

……

……

終於，到了清晨五點半，霓虹拖著疲憊的皮囊回到家裡。

我始終不知道，那天後來發生了什麼事，以及霓虹有沒有認出我來。只是有好幾天，我沒辦法讓自己再見到霓虹……

彷彿自己做了什麼虧欠霓虹的事情一樣，每當見到她，就會覺得內疚。的確，那天若不是因為我的關係，說不定霓虹可以逃掉的……。他們到底對霓虹說了什麼、做了什麼，……我不知道，我永遠都不會知道……

這種病態般的罪惡感，持續了一個多月。期間我仍持續創作我的小說《守護者》，但卻一直不是非常順利。

我的內心有一個黑洞。

我渴望能補償她。

我一開始會在買早餐時，偷偷準備一份放在她家門口。

她看見來路不明的東西，都隨手扔掉，並且一直對空蕩的迴廊發問，想知道是誰落下的。直到我持續做了兩個禮拜，她某天早上才決定將食物收下來。

我知道這像是變態的行徑，但我絕對沒有惡意，真的，我感覺自己如同自己創作中的守護者一般，忠誠而溫柔地想要對一個人好。

何況而這個人曾救過我一次。

何況從第一次跟蹤她至今，已經兩個月了，我才發現一件事：原來霓虹是有身孕的。

一直以來她的體態都過瘦，儘管有身孕旁人也看不太出來。我起初也以為她只是胖了一些，殊不知因為每天朝夕觀察跟蹤她，才覺得事有蹊蹺。很難想像霓虹是如何面對自己的身孕的，更甚者，她怎麼會選擇生下這個孩子呢？這些日子以來，我知道她也過得很辛苦，除了基本生活所需以外，根本沒有其他多餘閒錢。她竟要留下一個孩子？

我猜想，她甚至不知道這個孩子的父親是誰，……又或者，我只是假設，有沒有一個可能，她選定了一個自己特別喜歡的恩客，決定自己偷偷懷下他的孩子……

又或者，她的守護者便是為了投胎到她身體裡，才全力守護著她……

真實的原因我不得而知，我只知道未來的一兩個月，她依舊挺著逐漸增大的肚子，出門接客。因為霓虹實在太瘦了，在衣服的掩飾下，若要強說是胖起的小腹，還是說得過去。只是我知道，這對她來說一定很不好受。幾次，我聽見她在夜半嘔吐，或是在房間裡低聲地哭；這些事情在我眼中生成各種情節。我的作品逐漸完整了，關於人性的一切：母性與懷胎、底層的掙扎與吶喊、守護者與被守護……。我的作品，以至於我整個人，就這樣被逐步完整了。

我還是希望她一切安好。出乎異常地，我竟專程出門抓了幾帖安胎養神的中藥，還有一些抑制孕吐的藥，放在她家的門口。不知道她看見這些的時候，心裡想的是什麼？雖然很怕這些舉動會嚇壞她，但我還是覺得她的身體要緊。

直到初次跟蹤她至今的第五個月，終於，她的肚子已經大到難以出門工作了，這對她來說一定是個噩耗。

究竟該如何應付更艱苦，未來帶著一個孩子的日子？我不斷幻想她咬緊牙關，為了自己心愛的人懷下孩子的模樣，……幻想守護者是如何保護她未來的母親，幻想他們如何建構一個未來……

……

……

但一方面，一個噩耗發生在我的身上。

原本我賴以為生的寫稿工作，因為該出版社做了太多抄襲的作品，整間出版社面臨停刊的危機。雖然並沒有直接牽扯到我身上，但顯然，我是保不住飯碗的。

奇怪的是，面對這次失業，我竟泰然自若。我的《守護者》快要完成了，我知道，這是我到目前為止寫過最棒的作品。不會錯的，我內心因為自信而激動著。我會出版這部作品，再次贏回我的掌聲，真的，我的耳中不時還會出現的那種掌聲。

我原本收入就不多，根本沒有積蓄可言，扣掉房租之後，最多可能再撐三個多月就是極限了。我內心盤算著，是的，我只要撐到那時候，讓我的作品被發表就可以了。

因為霓虹不再出門、我也失去工作了，使得我更專注於自己的創作上。好幾次，我從早上一路寫作到隔天早上，彷彿不會疲憊一樣。我可以看見的，真的，這部作品將會發光發熱，我深信不疑，我知道我的守護者冥冥之中交予我的創作天賦……

好幾次，我再回頭重看這部作品，往往感覺驚訝；很多段落在我完成之後沒多久，就被淡忘了。錯綜奇幻的情節，我感覺到這些文字有自己的靈魂與呼吸，它們新奇而無比美好，彷彿在跳舞一樣。真的，這些文字在我眼前忘情地舞動著，讓我相信就算沒有明天也可以了。

就算沒有呼吸也可以了，此刻的我竟是真心誠意這麼想的。

直到這個美麗的念頭，在某次早晨被樓下急促的敲門聲擊碎了。

三

我眼前的景象，把我嚇退了三步。

都是血，滿地都是血，霓虹就倒在地上，虛弱地喘著大氣。她的下體赤裸，陰戶還連結著胎盤，可是她早已力竭。那嬰孩倒臥在骯髒的地上，放聲大哭；那宏亮而健康的哭聲，竟讓這個畫面顯得無比諷刺。

是專程向霓虹討債的人。

我之前也見過幾次，好幾個人跑來霓虹門前叫囂，但都沒有遇過那麼大的陣仗。顯然，霓虹可能有幾個禮拜沒有還出利息了。我躲在樓梯間聽他們叫囂的言詞，無不是一些粗魯的話語。連續兩天，他們從一大早就在門外丟雞蛋、潑油漆，揚言只要她敢走出房門一步，就要把她打到頭破血流……

這次，我沒有思考太久就做出決定。

我把戶頭裡能夠提領的錢，都提出來替霓虹還債。儘管離她還清債務仍有好一段差距，至少在這半年內，討債集團不會再出現了。

她救過我一次，而現在換我來守護妳了。如果可以保護她們母子，或是母女均安，絕對是值得的。尤其《守護者》小說完成，寄出作品給各大出版社後，我的心情更加安定了。

一定會有很多編輯聯絡我，我知道，可能只需要一兩週的時間，也許更快，也許只要一兩天，絕對是的，我非常有信心。

雖然眼下我的生活費，連兩個禮拜都撐不下去了。

而霓虹呢，這段時間幾乎足不出戶，吃的東西也越來越少，讓我不禁開始擔心胎兒的健康。只是，我也是泥菩薩過江，幾乎已經要斷糧了。我暗自在心中許下心願，如果可以讓我的作品出版而且暢銷，我一定要把收入分享給霓虹才行，直到那時候，我才可以是她真正的守護者。

三天過去了，我心情仍然很激動，此刻一定有某個人正在讀我的作品，正在品味我眼中的世界。我的世界歷經了夜的洗禮，與過往的自己大不相同了。只需要等待，等待那個伯樂出現。

五天，六天，一週過去了，我試著保持冷靜。廚房是空的，連半顆蛋都不剩，感覺自己已經好久沒有進食，只能一直喝水，讓肚子不那麼空。

十五天，我開始焦慮。

是否應該出去找份工作？「真正的」工作？我的倔強不允許我妥協。這是我第一次，發自內心相信自己可以做到一件事，我可以的，時間將會證明我是對的。

二十天，我好餓。

這種感覺是前所未有的，我的身體因為過於飢餓而不能控制地顫抖。我讓自己躺在床邊，守著我僅有的電話。快了，我很快就會接到電話，我的作品會被看見，我會被看見，我眼中的世界將會被所有人看見。

二十一天，我好餓。

午後，倒在床上的我，渴望自己是冬眠的熊，不需要進食也可以正常存活。我不懂，為什麼，我明明已經盡力了呢！我的作品那麼好，為什麼，為什麼沒有一個懂得的人呢？不知不覺，眼淚滑過我的臉頰，彷彿是一場巨大的海嘯，浪捲起我的房間、兇猛的水翻騰在我的心中、溺沒我的靈魂，就在這個瞬間，我幾乎死了一遍，我隱約感覺到自己的心跳越來越慢、越來越慢……

二十二天，我不知道這種感覺是餓，或是死亡。
這是我第二次感覺到死亡。
半夜時分，我因為過分飢餓而驚醒過來。夢裡再也沒有飛耀的彩虹了，土地是枯萎的，天空黑而沉重，偌大的世界，只有我一個人，一個人站在荒原之上。這個夜晚我再也無法忍受，我的守護者呢？當我已經精疲力竭，我的守護者卻不存在？
是的，這一切都只是在我腦海中，我的狂想，一切都是虛構的。
我呀！就連自己都保不住了，還想成為別人的守護者……
為什麼呢？
我一次一次向自己提問，如果我註定是不能飛的，為什麼要先賜給我一對翅膀？
我覺得自己的身體在萎縮，越來越小，越來越小，在我下一場噩夢裡，變成了嬰孩，被遺棄在夜裡，霓虹在招手，我的出生就是一場錯誤……
第二十三天，或者，根本有一輩子那麼久。我不再期待電話，不相信任何人，不知道自己為什麼還活著。其實，作品一點都不重要了，有沒有人看見也不是那麼重要了。

我就要死了，是呀！我真的要死了，還有什麼是可惜的。

我才是那個盲目的人，我才是掙扎在最底層的那個人，現在的我突然明白過來。霓虹，至少她可以靠肉體賺錢，而我呢，我腦中的狂想其實一文不值。沒有什麼守護者，沒有什麼命運與伯樂，更沒有什麼地下水道的世界，沒有一次呼吸是不帶痛苦的……

想起來了，是的，我想起了好多事。

國小五年級那次，車子筆直地從我的左方駛來，撞上我右邊的腰間。我身體飛起來、在空中轉了五個圈，先落在路旁一株茂密的灌木叢裡，才跌倒在地上，根本不是什麼守護者……

我想起自己寫過的每一個字，想起自己的每一段叛逆，從小到大的每一次、每一樣細節，在我腦中一閃而過，是多麼清楚而真實。我活過的每一刻鐘，此刻又在我腦海中活了一遍……

沒有什麼守護者，我自己保護著自己長大，再也沒有什麼白日夢的藉口……。說不定，我再也沒有做夢的資格了……

身體的虛弱，讓我神智開始恍惚，我沒有想過有這麼一天……

我最滿意的作品完成了，此刻就算沒有呼吸也可以了，是嗎？

是嗎？

是嗎？

是嗎？

……

為什麼我再也不能回答這個問題了……

……

……

我感覺到自己不時暈過去，再醒過來，身體卻動彈不得。好幾次，我甚至感覺自己飄到了半空中，我甚至可以俯身看見自己虛弱的身體。我眼中的世界再也不迷幻，也不新奇，也不光彩奪目了。我眼中的世界和所有人再無不同，這是一間破敗的房間，骯髒的家具與牆壁……。我想起家中的母親與父親，想起自己頭也不回地離家而去，想到自己落魄如此，想起兒時愛做夢的自己……

夢已經不再美麗了，或者，連夢都不復存在了。

我不知道過了多久。

過了多久。

多久。

。

我不知道過了多久，久得讓我一度以為，自己失去呼吸的力氣了。

直到我聽見，一個銳利的哭聲，劃破死亡的環繞。

那是新生的嬰兒，我知道，是霓虹，霓虹生孩子了，就在我樓下一層不遠的地方，一個孩子降生在殘酷的世界裡，充滿惡人與貪慾的世界。

不知道為何，我必須提起最後的力氣，撐起身體。此刻對於我，現實與虛構，已經毫無界線可言。我想見見他，我想知道我故事中的守護者，是以什麼姿態降生於世，也許見他一眼，就是我最後的使命。

我奔向霓虹的房間，那個我熟悉卻從未涉足過的地方。我一轉動門把，竟沒有上鎖，我直覺知道不對，立刻開門進去。

我偷偷觀察了她這麼久，這是我第一次走進她的房間。迎面撲來的是各種腐爛的氣息，放眼望去，到處是腐敗的食物與用具，很難想像一個人該如何在這裡生活著……。那嬰兒的哭聲自裡面的臥房傳出，淒厲而宏亮。我緩著步伐往裡面走去，一步一步，慢慢向霓虹的臥房走去……

……

……

我眼前的景象，把我嚇退了三步。

都是血，滿地都是血，霓虹就倒在地上，虛弱地喘著大氣。她的下體赤裸，陰戶還連結著胎盤，可是她早已力竭。那嬰孩倒臥在骯髒的地上，放聲大哭；那宏亮而健康的哭聲，竟讓這個畫面顯得無比諷刺。我不知道自己應該如何是好，我因為過分飢餓，已經變得語無倫次了，再加上眼前這個景象，身體完全像是冰凍了一樣，動也不能動……

「勿叫警察，」霓虹瞥見我，突然很害怕地說，「也勿找醫生，我無錢。」她試著將胎盤產出她的身體，這樣的動作顯得相當難為情。但她仍試著自己完成，我看得出來，那是她僅存的尊嚴。

「丟細你啊！那個暗中送我東西少年人。」霓虹的直覺很準，不知為何我竟也不覺得訝異。她突然放鬆了身體，轉過頭來盯著我的眼睛。

「我有一件代誌拜託你。」她顫抖著說。

我跪倒在她的身邊，虛弱地癱軟著身體。

「我知道，一直就是你，幫了我很多忙。我不知道你想要什麼，我無錢，什麼都沒有，要是你歡喜，花一些些錢就清彩你做了。」她這麼說的時候，面無血色，不知道是早已力竭或是失血過多的緣故。

「我真的很感謝你，但我也沒有什麼辦法可以報答你的。反倒是，有最後一件事情還要拜託你幫忙。拜託你，我真的不知道有誰可以幫我這個忙。我養不起他，我養不起他，他跟著我只能吃苦而已。我無錢，根本不可能養他，只怪我發現得太晚，雖然想把他打掉，醫生卻對我講他已經長得太大，我又落胎過太多次，硬是手術有生命危險。我不想死，也養不起孩子，但我沒其他辦法了。我好希望生下來他便是死的，那我就不會有所愧疚。我連一次醫院都去不起，一個人在家裡面就把他生下來了，根本沒有人知道他在這，就算他消失了也沒有人會知道的。」

「我真的沒辦法了，」她說這些的時候聲音無比虛弱，眼眶中帶有淚水。「拜託你，拜託，再幫忙我一次好嗎？把他帶走，或是看你能怎麼樣都行，拜託你了，就當作幫我最後一次，否則我真的無能為力，拜託你，拜託你，拜託你，拜託你……」

看著她無助的表情，我的心竟是如此平靜。

也許我早已，早已死過一次了吧！

在這過去的三週內。

在我二十二年的人生中。

身體和心，都死過一次。

……

我知道了。

……

……

我抱起那嬰孩，還在嚎啕大哭的孩子，臍帶甚至沒有剪斷。我看著他皺摺的臉，這樣的身體竟讓我某一部分沸騰了。

「原來你，」我在恍惚中這麼說了，「你就是我的守護者。」

……

……

只聽見我耳邊響起，霓虹的尖叫聲，她連續尖叫了好幾次，我頭也沒有回過去，只瞥見她整個人向後彈出了好幾公尺，一直尖叫並看著我，她的眼睛睜得好大，彷彿可以把整個眼球拿出來一樣。

我異常冷靜地說：「我是在幫妳。」

她一直大聲哭喊著尖叫，一直尖叫，一直尖叫，除此之外她只是蜷曲著身體，在角落不斷發抖。

我好餓，我感覺到自己咬下那嬰孩腳掌的瞬間，我終於重新活過來了。我輕易便扭斷了那孩子的喉嚨；我好餓，有一度我覺得自己快要死了，但就在這一刻，我無比貪婪地啃咬他的身體，對我而言，這就是一塊肉，與牛肉、羊肉或雞肉無異。我好餓，從他的腳掌、手臂、頭顱到心臟，我不能停下自己的嘴。這就是一塊肉罷了，我沒有任何一絲一毫的猶豫，我好餓，我要吃肉，我要吃肉，我要吃肉，我要吃肉……

也不知道過了多久，霓虹她似乎驚嚇過度而暈厥過去了，之後發生的事情，我也記不太清楚了……

……

……

四

「各位聽眾朋友大家好，我是今晚的書香ＤＪ雷貝卡。今天，我們非常榮幸，要向各位聽眾朋友們介紹的特別來賓，就是台灣小說界的傳奇作家，何人全先生。聽說非常巧合，前兩天剛好是您的生日呀！」

「是的，」我對於電台的採訪早已司空見慣，「剛過三十五歲。」

「這十年來，我不誇張，您是大家一致公認，台灣產量與質量兼具的偉大作家。第一個問題要請教您，您是如何讓自己，一直能寫出這些優秀的作品呢？」

「觀察，」這樣的問題我回答過不下百遍，「我的作品來自對生活的觀察。」

「好的，我知道您這次要發行的作品非常特別呢，聽說並不是您的新作品。而是您年輕時寫過的一部長篇小說，篇名叫《守護者》。只是當時沒有任何出版社對這篇稿子有興趣，才遲遲沒有發表。一轉眼十多年過去，可以跟我們分享一下，是在什麼機緣下，您決定要發表這部作品呢？」

「這個，」我思考了幾秒，過往的記憶一瞬間閃過眼前，依舊鮮明，但已經離我好遙遠好遙遠了……

此刻的我，無比堅定地說：「因為我相信自己的守護者存在。他曾在我最虛弱、最無助的時候出現，並從此長住在我的身體裡。這部作品對我而言是一次死而復生的過程，是我終於懂得創作真諦的轉捩點，更是我所有創作的起點。因此發表這部作品，是為了替自己，還有曾經的守護者，圓一個夢。」

蘭姐姐

一

許久沒有回老家了。

火車穿過東部一片青綠的田，讓我想起很多往事。仔細算算，自從高中隨著母親離開家鄉，搬到城裡以後，至少已經十多年不曾回來了。近幾年來，也只有在當兵前和爸爸見過一面，此外沒再看過他。這次會回來，也是因為大伯意外車禍住院，沒有其他人手可以照顧長年臥病的大伯母，父親既不想放下雜貨店的生意，也不能放著家人不管。正好我在城裡的工作並不順利，和前一任女朋友又處不來，乾脆花幾個月時間，回老家的雜貨店幫忙，當作是給自己放一個長假，順便探望父親。雖然母親剛得知時非常反對，但我覺得，她和父親的關係破碎是他們的私事，與我並無關聯，也就沒有太過理會。

回想兒時記憶裡，滿滿是父親的雜貨店，布滿零食和糖果的情景。那時候生活很單純，每天只知道捉魚、抓蝴蝶。我總是在田野間奔跑，偶爾騎上耕田的老牛，生活非常寫意。對現在的小孩子而言，那種赤腳踏在雨後田埂上的溫柔觸感，那種難以言喻的美妙滋味，想必是無法體會的。

我們家經營的雜貨店生意相當好，在那一個沒有連鎖超商的時代，鄉下地方要買什麼都很不容易。一間小小的雜貨店，常常就是整個村莊的百貨公司。爸爸本來就是一個熱心的人，喜愛參與公眾事務的程度鄉里皆知。他當時甚至還開辦代繳水電費，或是代訂商品等等前衛的服務。鄉里的人與父親的關係很好，逢年過節的時候，家裡總是會收到很多水果、餅乾禮盒；大家都說，幸好有父親的雜貨店，不然日子真不知道該怎麼過了。

說實話，我並沒有特別喜歡雜貨店的生意。小時候，爸爸常常因為要看店，都不能陪著我出去玩。雖然同年級的孩子，都會嫉妒我，覺得我有吃不完的餅乾、糖果。但對我而言，能夠和父親一起相處的時光，反而更加珍貴。

有時候，父親從雜貨店工作回來，如果時間不太晚，他會帶我們一群孩子，包括我的堂哥、堂姐，還有住在隔壁的弟弟妹妹，一起圍坐在中庭。爸爸會拿出他自己製作的紙偶，在夜裡上演紙偶戲。我記得父親總是有說不完的故事，英雄打火救人、凡人修道成仙，曲折離奇的情節常讓我們聽得津津有味。

還有蘭姐姐，她總是坐在最旁邊的位置，和我們一起看戲說笑。

她年紀比我們這群孩子大了十幾歲，是我們整群孩子的大姐姐。她和她父母是從外地搬過來的，相較於我們家，住在村子比較靠近郊外的地方。蘭姐姐時常過來我們家裡的雜貨店裡買東西，有時候店裡太忙，還會主動幫忙。她對我們這群孩子都非常好，儘管她家裡的經濟狀況並沒有很好，但她常常拿自己做小編織所賺的小錢，買麥芽糖分給我們大家。儘管每次父親都不願意收她的錢，她還會偷偷把錢放在我的口袋裡，要我記得拿去給爸爸。

蘭姐姐皮膚白皙，留著及肩的長髮，眼睛是深棕綠色的，聽說和她祖先裡有幾位荷蘭人有關。她的爸媽在郊區種蔬菜、番薯，賣菜為生，與我們雜貨店也有很多生意往來。而蘭姐姐則一面讀書，一面編織一些手工藝品，三不五時到城裡販賣。

小時候最期待的，就是和蘭姐姐一起進城裡的時候了。鄉下小孩很多，蘭姐姐沒有辦法一次全部帶出去玩，所以每次都要輪流。三四個月裡，可能只有一次機會，可以和蘭姐姐進城。之前和爸媽進城，都是正事忙碌居多，沒有什麼時間可以逛街玩樂；只有跟蘭姐姐在一起，在她將商品賣給藝品店之後，就會有一個下午的時間，可以在城裡遊玩。蘭姐姐經常帶我們去看電影，或是去兒童樂園。夏天的時候，她會帶我到一間鬧區的冰菓店吃冰。記得那時候，我總是會點「情人果冰」。說來慚愧，並不是因為我多喜歡酸酸甜甜的口感，只是因為冰品的名字，讓我覺得自己和蘭姐姐的關係似乎更近一些。

我們同一輩的孩子，都很喜歡蘭姐姐。我的堂哥和堂弟，甚至隔壁還不滿四歲的小孩子也一樣。有次我們在爭論，到底誰可以和蘭姐姐在一起的時候，還差一點大打出手。而蘭姐姐只是在一旁，笑得非常開心。

我很喜歡蘭姐姐的笑容，她的臉頰豐潤，左邊臉龐笑起來有一個小小的酒窩；我不誇張，那面容就像是初夏的日光一樣，讓人一看就溫暖起來。

再過幾站就會到家，我想父親應該會在車站等我吧！不知為何，除了孩提時的印象之外，我對父親的記憶都相當模糊，可能是長大了一些，反而和父母親越是疏離。國中有一段時間，正好處於青春期，交了一群愛玩的朋友，每天晚歸鬧事，與父母親的關係更降到冰點。幾度飆車還被抓進警局，現在想來，那時候的我真的讓爸媽痛徹心扉。加上高中就離開家鄉的關係，到現在我甚至有點忘記父親的臉龐。那次當兵前再見到他，只覺得他好老、好瘦小，和過往日子裡，如同巨人一般存在的父親，有著天壤之別。

可能是一種自私的想法，妄想保有對父親最美好的記憶，才一直躲避著不見面吧。

父親與母親在我高中的時候，因為某些原因分居了，母親也帶著我搬到台北來。我並不清楚為什麼，但自此之後，母親就再也不與父親見面了，也禁止父親過來探望我們。他們在我很小的時候，其實就經常有爭執，母親原本在台北長大，因緣際會認識了父親，最後嫁給父親並搬到鄉下來定居。她有很多習慣都和當地人很不相同，她不常出門或到田野裡頭，反而經常待在家裡，或是一有機會就回台北娘家，一去就是一兩個月。所以小時候，大部分都是父親在張羅家務。

太忙碌的時候，還有我大伯也會過來幫忙。他和大伯母一起住在離我家不到五分鐘的路程的地方。聽爸爸說，大伯以前也曾在城裡經商，後來一次返鄉認識了過來旅行的大伯母，他就放棄了城裡的事業，毅然決然要和大伯母結婚。大伯母的家庭是附近聚落裡有名的望族，原本相當反對這樁婚事，甚至鬧到要和她斷絕關係，但大伯母仍毅然決然下嫁給大伯，兩人過了好幾年快樂的生活。

只是他們婚後兩年左右，那時候我還只是襁褓裡的孩子，大伯母就突然中風了，開始臥病在床，不良於行。所以自從我有記憶以來，大伯母一直都是已經癱瘓的病人。我在很小的時候見過她，那次因為去大伯家作客，就順便幫忙大伯把晚餐送上樓給大伯母。我記得那時候的她，虛弱地躺在昏暗的房間裡，全身僵直，幾乎不能動彈。大伯坐在一旁，很有耐心地一口一口地將晚餐餵給大伯母。大伯母凹陷的雙頰與眼窩，如同當時電影裡常常演出的殭屍一樣，那個模樣我一直到現在都不能忘懷，甚至讓兒時的我失眠了好幾天。以至於後來，我都盡其可能地避開到大伯家的機會，甚至就算進了家裡，也不再去探望大伯母。

聽說鄉里的叔叔們聊天說到，大伯母的娘家，對這件事情也很氣憤，甚至責怪都是大伯拖累了她。久而久之，甚至連來探望都不肯了，只有每個月寄一點錢過來聊表心意，剩下大伯一個人獨力照顧她。

所幸大伯是個開朗樂觀的人，加上體型比較福態，像一尊彌勒佛一樣，經歷了大風大浪，對所有事情好像都不以為苦。就這樣，幾十年來與大伯母相依為命過日子。也許對於這一點，相較於自己的父母親，我還更羨慕大伯與大伯母的感情，不離不棄，而不是永遠沒完沒了的爭執。就連這次大伯意外住院，也是第一個想到大伯母沒人照顧，要求爸爸就算雜貨店必須暫停營業幾週，也要幫他照料伯母。

火車到站，父親果然和我想像的一樣在門口等我。

我一開始不太敢直視著他，畢竟已經太久沒見面了。瘦弱的他，比我想像中更老了一點。直到他張開雙臂，對我說，回來了呀，一路上辛苦了，抱歉我沒有去台北看你，一切都好嗎？……

「……」

「……」

終於，在擁抱著父親的瞬間，突然感覺回到家了。

二

那是一個漆黑的房間，我幾乎看不到。
在我伸手所及的地方，有什麼東西在顫抖著；整個房間溫度越來越高，越來越高……。我感覺到無比的害怕，以及無比的驚訝，還有……
記憶裡那個痛苦的呻吟聲音。
我醒了過來，又是同一個夢境。
原本以為不會再做這個夢了，連我自己都很驚訝。這麼多年以來，這個噩夢偶爾會出現在我腦中，儘管我從來都不知道為什麼。
也許，和那次火災有關吧！
回到老家的第一天，時間彷彿凝結一樣，這裡的一切都還和過去相似。一樣的街道、田埂，還有雜貨店裡滿滿餅乾的巨大玻璃罐。不同的是，路上多出了很多路燈，連鎖便利商店、超級市場開得到處都是。爸爸在幫我搬行李的時候，動作比以前遲緩很多了，突然有種淡淡的心酸，眼淚差一點奪眶而出。爸爸說雜貨店的生意大不如前了，現在只有一些老顧客，還是習慣過來光顧。

我的房間，還是和離開時沒又太多變化，看得出來爸爸有定期在打掃，桌上還是小時候玩的玩具，但卻一點灰塵都沒有。

相較於都市裡的生活，也許在我心底，這裡才更像我的家。

在台北讀完高中，也考上了一間普通的大學，退伍後在一間中小型的公司工作。從工作以來，一直沒有得到主管的重視，沒有出錯，但也沒有表現的空間。在公司的第三年，原本以為有機會可以升遷，卻因為一個前輩的差錯，揹了黑鍋。別說是升遷了，連飯碗都不見得保得住，索性我就自己辭職了，在家裡蹲了半年，什麼也沒做。

不只工作，感情也很不順利。

讀書時期，我就與學姐交往過，但最後還是鬧翻了。畢業出社會後，認識了一個長我七歲，在事業上小有成就的女孩子，我非常喜歡她。她的個性直來直往，我從一開始認識她就覺得很投緣，再加上她的左邊臉龐上，也有一個小酒窩。

讓我想起蘭姐姐。

也許在潛意識裡，我是很迷戀蘭姐姐的，這些年來我一直對於年紀較長的女性較有好感。小時候家裡的大小事，媽媽幾乎不會多管，她只管著三不五時往娘家跑。而我也沒有其他兄弟姐妹，只有幾個很愛欺負人的堂哥、堂弟。那個時候，最能夠讓我感覺溫暖的，就是蘭姐姐了。

我記得在國小五年級的時候，有次因為媽媽回娘家，爸爸又忙於工作，根本沒有空為我準備午飯，班上比較多事的同學，都取笑我是沒有爹娘的孩子。我為了他們的取笑，和他們大打出手，最後還全身掛彩回家，又被訓斥了一頓。那天晚上我非常難過，卻又不知道可以怎麼辦，只能一個人獨自跑出去。夜晚的田很黑，沒有路燈，我就一直發足地跑，發足地跑，眼淚不停地流了下來，最後甚至連我自己，都不知道跑到哪裡了。

那天正好是月初，月光微弱，寂寞的蟬聲綿延不絕，我有一度覺得，自己是世界上最不被重視的人。

是的，我一定是世界上最不受重視的人。

我孤獨地走在田埂上，感覺我就算從此消失了，家裡人也不會發現吧！

我乾脆離家出走算了。

就當我抱著這個念頭，一直走，一直走，不知不覺走到離村子很遠很遠的地方，我覺得好累，在一條河邊停下來。
我看見一個女孩子，依著河畔坐著，獨自在望著天空。
是蘭姐姐，為何她一個人在在河邊？
我感覺到無比好奇，便躡手躡腳地緩慢走近。她一開始有點驚訝甚至害怕，不知道是誰來了。但一發現是我，便鬆了一口氣，示意我在她身旁坐著。
「你怎麼會過來這裡？這裡離村子有好一段距離，你走過來的嗎？」
「是呀！蘭姐姐怎麼也會在這裡？」
「沒有呀！我爸媽他們，唉，又在吵架了，我覺得很煩，就跑出來看看星星了。」
「原來是這樣！」我很驚訝，「蘭姐姐的爸媽也會吵架嗎？我以為他們相處得很和睦呢！」
「這個嘛，人跟人相處都會有爭執的。」蘭姐姐溫柔地說，「要能夠互享體諒真的很困難。」
「我可以唷！」我笑著舉起手來，「我就永遠不會對蘭姐姐生氣。」
「你是認真這樣說的嗎？」蘭姐姐笑了，在那個夜色下，格外亮眼動人。
「當然，不管妳發生什麼事，我都會保護妳的。」

「不管發生什麼事情？真的嗎？」

「真的！」我斬釘截鐵地說，「就算，就算，就算有一天妳和大伯母一樣，生病躺臥在床，我也會像大伯一樣，認真照顧妳的。」

「真的嗎？那我會變得很虛弱，也不能陪著你到處出去玩了唷！」蘭姐姐還扮了一個鬼臉，「到時候我會很醜，一點都不漂亮，也不會一直笑了。」

「沒關係，我會逗妳開心，讓妳笑。」我鼓起勇氣這樣說，「讓我保護妳就好。」

蘭姐姐傻笑了好久，但感覺她是真的很開心。「小杉說這個話的時候，好值得信賴唷！」蘭姐姐把我摟在懷裡，溫柔地說。

也許那個時候，我是認真這麼想的。

和蘭姐姐在月色中，呆坐了很久，才緩步走回去。我覺得我們是世界上最寂寞的兩個人，終於在今夜相遇，然後依靠彼此。

不知道為什麼，回到了家鄉就一直想起蘭姐姐。

想起她左臉頰上的酒窩。

早上起床，父親只留下一張字條，說要去醫院一趟，要我如果有精神，就把店裡整理一下開門營業，如果我還想休息幾天，等他回來再開店也可以。

我自然而然邊吃早餐，邊把店裡的雜貨架搬出去，準備開店。

這些動作對我來說再熟悉不過，以前小時候，經常幫爸爸整理店裡，爸爸總是說，我是他的超級好幫手。沒想到後來長大，反而越不常在家裡幫忙，成天和朋友出去，一週和父親見不到幾次，每次見面，也都是到店裡向他討零用錢的時候。說起來，父親還是很寵我的，那時候一個禮拜，有時候都向他要個好幾百塊，雖然父親賺錢很辛苦，又不喜歡我亂花錢，但還是照常會給我，因為他不希望，我在同輩朋友裡沒面子。

那些過去稱兄道弟，一起吃喝玩樂的酒肉朋友，現在根本一個也不記得了。

沒想到才一開店，住在三條街外的陳媽媽就過來買東西了。

「哎呀！今天倒是稀客，」許久不見陳媽媽，今天也是很有精神。「怎麼這會兒老頭不在，變成個俊小子在這兒，哎呀！什麼時候回來的？陳媽好久不見你了呢！聽說在台北住了好一陣子呀！怎麼會回來？來看爸爸嗎？怎麼沒跟陳媽說一聲？你還記不記得，你以前最愛吃大媽的糖醋排骨了！每次都說只有陳媽做得出這種口味！對了對了！過兩天我正好有空，不如晚上來大媽家，伯父也很久不見你了，喔對，也約你爸爸一起來吃飯吧！」

「陳媽，好久不見了。」陳媽一直是個很有活力的人，從前就是鄉里出了名的熱心人士。以前有時候，爸爸工作太忙碌，會讓我們到陳媽媽家待著。他們夫妻倆都是很客氣的人，甚至有點雞婆。由於沒有孩子，陳媽媽總是很歡迎村子裡的小孩，到他們家作客玩耍。

「你爸爸呢？喔對！你大伯沒事吧！哎呀！真是不小心，都這把年紀的人了，還出了車禍，聽說有打石膏，要住院幾天的樣子。」陳媽媽消息果然靈通，「倒也是難為他了，家裡原本就有個病人得照顧，這會兒反倒自己成了病人。」

「大伯母還是病著嗎？」

「哎呀！還不是老樣子，我也八百年不見她了。但說來說去，你大伯也是有情有義，居然一路照顧她到現在。換作是我，我可不確定自己對我家老頭子，可會有這份心呀！」陳媽媽說著，「你不知道，早期你大伯母發病時，可能是身體很不舒服，常會發出很痛苦的聲音。那個大頭李跟我說的，你可也別張揚；他說偶爾聽到呀，還是會覺得毛骨悚然。哎呀！先不說這個了。看樣子，是換作你爸爸，要幫忙照顧你大伯母對吧！這樣忙得過來嗎？那個呀！你千萬要告訴你爸爸，陳媽我一天到晚沒事就是在家，閒著也是閒著，要是需要幫忙儘管開口，要幫忙照顧誰，我都可以，別不好意思的。」陳媽媽還是一如往常，熱心極了。

「好的，我會告訴他的。」

「你呀！回來幾天呀？有沒有交女朋友呀？有交女朋友帶回來給陳媽瞧瞧，你這麼俊俏的小夥子，女朋友一定也很漂亮，什麼時候喝喜酒！我跟你說，到時候不要害羞，一定要把帖子寄到陳媽家裡，陳媽一定會包個大紅包過去。」

「陳媽，我現在還沒有女朋友啦！」

「怎麼會，哎呀，喜歡什麼樣子的女孩子呀？我呀，有個姪女最近要回來，不如我介紹你們認識吧！她人很乖的，長得又清秀，溫柔婉約，正好也是單身。不如我們就約個時間吧！讓兩個人認識認識！」

「陳媽媽不用你操心啦！其實我剛跟女朋友分手，想自己一個人靜一靜。」

「剛分手呀！怎麼回事呀！」陳媽媽很遺憾地說，「這麼好的一個男孩子，是對方不識貨，沒關係的，陳媽媽做主，再幫你找個漂亮姑娘就是啦！」

「也沒有怎樣啦！可能她……覺得我不夠上進吧！她的工作能力很不錯，覺得我配不上她吧！」不知道為什麼，儘管了解陳媽媽不是真心想知道，但還是忍不住告訴她了；也許是因為，我真的很放在心上吧！

「哎呀！怎麼有女孩子會這樣說，這還哪有什麼規矩的，」陳媽媽雞婆著說，「你呀！倒是找個單純一點的女孩子的好，城裡的女孩個個都是勢利眼，看人低呀！你這麼純樸，倒是被糟蹋了。我不管的，總之我姪女會回來，見個面也是不虧的，就當是吃個飯吧！喏，陳媽媽就當作你答應了，我會燒一桌好菜，也當作是為你接接風，畢竟也好久沒回來了。」

我拒絕不了陳媽媽的熱情，也只好先答應了。陳媽媽隨意買了一些生活用品，口中還一再嘮叨著姪女的事情。臨走前，她給了我一個大大的擁抱。

「哎呀！歡迎回家！」

儘管明知道陳媽媽只是熱情過了頭，但心裡還是覺得暖暖的。

三

在鄉下地方，一轉眼就待了一個月了。每天在雜貨店裡，和附近街坊鄰居聊天，感覺竟似回到了十多年前，那個純樸溫柔的小鎮。

以前常欺負我的堂哥，聽說要出國讀書了；還有那時候的小表弟，現在在讀中正預校，以後是要當軍官的。很多許久不見的親戚朋友，也都跑來雜貨店看我，一時店裡變得非常熱鬧。

父親偶爾會去醫院，偶爾會到大伯家，雖然有點忙碌，但他說，因為我回來的關係，一切都順利得多了。我問了他幾次，有沒有需要我幫忙照顧大伯或是大伯母，爸爸總是推辭說，不用不用，這幾年來幫忙大伯下來，也是習慣了，不覺得辛苦。倒是雜貨店有人幫他顧著，他才不用多操心。

看見年邁的父親，突然有活力的樣子，我竟覺得有點內疚。

母親和父親之前雖然也有爭執，但都只是吵架，沒有太嚴重的樣子。我高中那次，有天放學回家，突然看見母親在收拾行李，而父親卻不見人影。我原本以為只是母親又要回娘家，也不以為意。但誰知道，母親竟連我的東西都整理好了，連夜帶我，回台北的娘家去。我不知道發生什麼事情，只能跟著母親。這段時間以來，母親說過很多不好聽的話，雖然我問了好多次到底發生什麼事，但母親什麼都沒有說；她最常告訴我，沒有什麼好問的，她和父親現在已經沒有任何瓜葛了。我只知道，後來每個月父親都有寄生活費回來。一直到現在，母親還是反對我再和父親見面。

我很想問父親當年為何要和母親分開，但又開不了口。

說實話，在父親面前，我覺得好陌生。我記憶裡，有好大一段斷層不曾有父親的存在，我看著他，一部分的感覺如同萍水相逢的陌生老人，從生活習慣到興趣喜好，我們對彼此一無所知；另一部分，卻又牽連著血脈的羈絆，這種感覺使我覺得脆弱，也使我感受到父親的脆弱。我們不能將對方從生命中切割開來，又不知道該如何再次與彼此接軌。

父親每天都很早起，大約五點的時候，會有人送新鮮的雞蛋、青菜過來。他總是獨自將一切打理好，準備好我的早餐，才肯出門。好幾次，我在清晨的雞鳴聲中起來，聽見父親躡手躡腳的步伐聲。

躺在床上的我想，現在是不是應該要起床幫忙父親。但每次，我還是選擇待在被窩裡；一部分因為棉被的溫度讓我不捨離開，但另一部分，我想比較真實的原因是，大部分的時間裡，我不知道怎麼面對父親，不知道該說什麼，或甚至該怎麼擺放表情。

值得慶幸的是，雜貨店的營運我倒是沒有忘記，反而非常得心應手。看著村裡的孩子拿著零用錢，到店裡來買糖果的模樣，都讓我想起以前的自己。

也許那個孩提的自己，從未老去，一直在這裡等待我吧！

下午六點多，父親剛從醫院回來。他說大伯的傷已經好多了，下禮拜就可以出院了。他很不好意思地說，抱歉最近麻煩我了。

「爸！你別這樣，是我不好，沒有常常回來看你。」

「那個，」爸爸像是忍了很久，才終於說出口的樣子，「你媽還好嗎？」

「她還好，只是……」我欲言又止，但想了一想還是說了，「她還是不希望我回來找你，但我還是過來了。」

「嗯……」爸爸像是一點都不意外般，「每個月的生活費還夠用嗎？身體都健康嗎？我前幾次有寄信回去，但我想她也不會看吧！」

「媽媽過得很好。」這一句很好，我不知道自己是如何說出口的。這段時間發生了很多事情，母親曾經一度極度憂鬱，甚至要靠服用藥物，才能維持正常生活。而外公過世以後，親戚之間為了爭遺產，鬧得不可開交；母親是已經出嫁的女兒了，最後也沒能分到什麼，經濟狀況大不如前。加上我上大學以後開銷變大，都要靠自己課餘打工，才不至於挨餓……

我覺得孤獨，如同小時候被世界遺忘一樣的感覺，衝擊著我。很好嗎？在每個當下也許我都恨過吧！我罵母親，更痛罵父親，我罵這個世界，罵所有的一切。但終究都會過去的，那些困難的日子，獨自哭泣的夜晚。事過境遷之後，難道要向父親興師問罪嗎？難道我期盼父親痛徹心扉地認錯道歉嗎？或是我真的想知道爸媽是怎麼回事嗎？也許這些，都不是我這次回家的目的。我看著父親，看著他為我保留著的兒時回憶，才驚覺已經沒有必要多說什麼了。

我才知道自己曾是多麼恨過父親，也才知道自己其實多麼想念他。

「所以爸爸，你也要過得很好。」我發自內心這麼說。

「好，爸爸知道。」我瞥眼見到父親急切地轉過頭去，緩緩地說，「是我不好，是我，對不起你媽媽。」

「嗯。」也許我以前就想過，是怎麼回事，但我內心也許一直抗拒真相吧。當父親這麼說了，我只覺得心頭的一顆大石落下來；果然父親也一樣呢！

他也和母親一樣，他也和我一樣，是如此痛苦而孤獨地活著的。

「那個，」父親走進廚房裡，「你打算什麼時候要回去？」

「可能再過兩個禮拜吧！我最近投了幾份工作的履歷，陸續有回應了。」

「那就好，餓了嗎？我做飯給你吃吧！」

不知道為什麼，這頓飯菜我覺得特別好吃。鹹豬肉、炒山蘇，都是以前中秋節團圓時，父親的拿手菜色。

也許我終於知道，自己冥冥之中回鄉的原因。

晚餐後，我告訴父親我想出去四處走走。

「蘭姐姐，很久沒有來看你了。」

我沿著村子裡的小路往外走。村莊的夜晚多了便利商店還有路燈，已經比以前還要明亮得多了。我永遠不會忘記，在哪條路應該要左轉，經過一片下坡，直走到底，穿過一片低窪，就會在我右手邊看到。

以前，蘭姐姐住的房子，是一間兩層的農舍，如今只剩下火燒過後的廢墟。數十年以來沒有人再來整頓過這裡，只剩下斷垣殘壁，還有瀰漫心頭的回憶。

剛上初中的時候，有天蘭姐姐突然跟我說，再過幾天他們全家要搬到別的地方去了。我不敢相信，一開始還以為她在開玩笑。但後來端詳她的表情，才知道她是認真的。我不能接受，也很難過。這一切太突然了，尤其是我已經存下了一整年的零用錢，想要在下個月她生日的時候，帶她去看一場電影。

蘭姐姐說她也覺得很突然，但她父母親已經決定了，她也只能順從。我只記得自己，氣憤地跑開了，一面流著淚，一面放聲痛罵著她。

「討厭鬼！我最討厭蘭姐姐了……」

「你不是說過，無論如何，都會保護我的嗎？……」在跑開的時候，只聽見蘭姐姐在我背後輕聲這麼說。

但我什麼都聽不進去，只想遠遠地逃離開所有人。我覺得自己又被拋棄了一次，被這個世界，被我最親愛的人，被蘭姐姐。

那天晚上，蘭姐姐的父母親邀請了村子裡的人，到家裡舉辦餞別晚宴。我沒有出席，反而獨自一個人，躲在村子附近的小河畔，那晚遇見蘭姐姐的地方，獨自流著淚。

我最討厭蘭姐姐了。

那時候我不斷這樣對自己說。

沒有蘭姐姐也沒關係。

蘭姐姐走了最好，最好都不要回來。

我就這樣一個人，在外頭一待就是好幾個小時，後來哭累了，索性就在河畔睡著了。直到午夜三點，才被村子裡的騷動驚醒。

我望向村子的方向，心頭一驚，全力發足狂奔。

然而這一切都太遲了。

蘭姐姐家的房子，已經被熊熊大火吞沒。村子裡的人都過來了，手忙腳亂地幫著滅火。我急忙往房子裡面衝，口中嘶吼著，蘭姐姐，蘭姐姐……

差一點，我就要衝入火場中了。卻在那一刻，門欄整個傾倒下來，農舍禁不住祝融肆虐，整間垮了下來……

我雙腳一軟，暈了過去。

就是在這兒，我面對著焦黑的廢墟，腦中還清楚記得那場火，那種炙熱的感覺，彷彿還在灼燒我的臉龐。

你不是說過，無論如何，都會保護我的嗎？

蘭姐姐對我說的最後一句話竟是如此。

火將一切化為灰燼。當晚第一個發現的人是我大伯，他還因此被燒傷了。

後來鑑定人員確認是瓦斯氣爆，最後在火場找到三具屍體，但都已經支離破碎，骨骸幾乎已經辨識不出來。最後還是靠死者身上找到的隨身飾品，才勉強釐清身分來。警方表示，當晚主人家喝得太醉了，很有可能是所有人回去之後，沒有關好瓦斯爐，才導致這起意外……

我一度認為蘭姐姐沒有死，好一段時間，我不能接受這個事實。

我開始越發叛逆，我想要引起注意，我想要蘭姐姐回到我身邊。

望著眼前殘破的廢墟，一不小心記憶便燃起了星火；那場大火還在夢裡燒著，還在我心頭燒著，還在我眼前燒著；我幾乎只要伸手，就會被燙得灰飛煙滅。

你為什麼總是這樣？一點擔當都沒有！

我想起前女友在離開我的時候，是這麼說的。是呀！我原來是這麼害怕承諾，害怕去答應自己根本做不到的事情，才會顯得懦弱吧！

我以為自己一直在尋找蘭姐姐，但事實上，我是一直在期盼她的原諒吧！

原諒我是個言而無信的人，原諒我未曾實現的承諾。原諒我只能幼稚地跑開，如果當時我在就好了，如果我在，如果我在，也許我可以阻止一些什麼……

或者才有機會告訴她，我有多麼在乎……

請讓我重來一遍，試著把自己從孤單裡拯救出來，也試著把妳從孤單裡拯救出來。如果重來一遍，我是否足夠堅強？是否足夠抵擋惡火吞噬？

我脆弱的心，是否足以重拾記憶裡美好的時光？然後再活一遍，再笑一遍？

那個掛著酒窩的笑容，我是永遠永遠不可能忘記的。

眼前的廢墟彷彿重新活過來了。兩層樓的農舍，如同記憶裡一樣陳舊卻溫暖，蘭姐姐的笑容如同陽光一樣。我記得，她曾親手為我打過毛衣，湛藍色的毛衣，讓我體會暖到心頭的感覺……。那次過年，她偷偷把收到的紅包塞給我，對我說新年快樂……。和她一起去兒童樂園，我們在同一匹木馬上旋轉，我和她的笑聲交疊在一起……。我還看見了，真的，我看見了，那個孩提的自己，羞怯地問她，妳生日的那天，願不願意和我去看一場電影？……

天氣一定會是無比美好吧！如果沒有這場火，蘭姐姐會在我身邊，如果沒有這場火，如果沒有這場火，如果沒有這場火，如果沒有這場火……

記憶是一片毒紅的地獄。

我眼前的廢墟如舊，日子如舊，我如舊。

這是一場痛徹心扉的災難，直到今天，還會不時被村子裡的人提起，每個人心中，都留著一個傷口。那天的場景還在我眼前，清晰如昨。火舌漫燒整個牆面，屋瓦、磚頭傾倒，我甚至還記得那個崩壞聲音……

只是……

只是……

終於不再灼熱了。

這片廢墟如今安靜地躺著，平靜而安詳。

綠草清翠，盤據原本灰黑的瓦礫，竟成了另一幅生氣盎然的景象。此刻的我是如此渺小，在回憶裡，在承諾裡，在時間裡。

而我，如此渺小的我，是時候應該要往前走了。

「蘭姐姐！」我站在她的故居前，心底終於感覺平靜。

「謝謝妳。」

四

今天收到信，一間南港的公司要我後天過去面試。一轉眼在家鄉已經待了兩個多月，清爽的日子與親切的人群，一度讓我動了長久住下來的念頭。

預計中午的火車，一大早起來，父親一樣替我準備了早餐。今天就要和他告別了，心頭有一種感覺，不知道下次見面又會是何時了。

「都準備好了嗎？」

「差不多了，」我一邊吃著早餐，「大伯今天出院吧！他能自己走路了嗎？」

「可以了，他腳傷都好了。」

「那就好。」我沒有多想，只是吃著我的早餐。但不知為何，我腦中閃過一個念頭。

「爸，大伯母還好嗎？我也好久沒見她了，離開前我去跟她打個招呼吧！」

「這個……沒關係啦！她已經病了太久，腦子不太清楚，連誰過來看她都不知道了。」

「她的娘家的人呢？是不是也很久沒有過來了？」

「是呀！畢竟都中風這麼久了……」

「我去看看她吧！畢竟我也是很難得回來。」

「不用了啦！她身體異味很重，不會想要有別人過去的。」

「可是爸，你不是說她已經沒有意識了嗎？」

「總之不需要啦！我跟你大伯會照顧她。」

「爸，」我突然異常堅定，「我要去看她。」

此刻，好像有什麼情景突然浮現在我腦中，我感覺到無比地可怕。我眼見父親驚慌失措的表情，我突然放下早餐，往門外衝去。父親立刻追了上來，一路上叫喊我……

「你等等！聽我說！你快停下來！聽我說！」

我並沒有要停下來的意思，反而加快速度跑出去。大伯家就在附近，我跑到門口的時候父親還在半路上。我撞了兩下門，卻沒有動靜，於是我拿起庭院裡鋤草的器具，砸破窗戶爬進去。的確是這裡，和我印象中一樣，整齊卻散發淡淡霉味的客廳。我毫不猶豫衝向樓梯，跑上二樓。

對，是這裡，我一直以來噩夢裡的場景，有個女人的呻吟聲，在這個台階之上，在一個漆黑的屋子裡。我感覺到害怕，無與倫比地害怕；然而我必須往前走，走進我的噩夢裡。

就在這裡，二樓盡頭的房間，房門的顏色、陳舊的模樣，和夢中如出一轍。

我毫不考慮撞開了門，「砰」的一聲。

就躺在那裡，我長年臥病的「大伯母」……

不，那個女人，全身覆蓋著單薄的衣物，雙峰與下體幾乎赤裸著，蜷曲著身體，畏縮在床上。頭髮凌亂異常，手腳被厚重的鎖鏈銬住，白皙的皮膚布滿了深深淺淺紅色的傷痕。她深棕綠色的眼睛凸出，雙頰凹陷，目光已全然呆滯。

就在這裡，這個房間，這張床，這個女人……

我知道她是誰。

……

……

我一時說不出話來，聽見後頭沉重的腳步聲，父親已經追趕上來。我們一時沒有話說，就這樣沉默了良久……

……

……

此刻的沉默，彷彿過了一輩子一樣漫長。

直到父親停下喘息，開口說話。

「我就知道，有天一定會被你發現的，但很奇怪的是，冥冥之中我好像也沒有要隱藏的意思。我想你也猜到了，那場火……並不是意外。……是我和你大伯安排好的。……在火場中被燒死的，是你大伯母。……她已經病了太久，脾氣變得暴躁，娘家的人也不管，你大伯實在是受不了。……鄉下地方的瓦斯氣爆，燒死一家三口，警察也沒有太多懷疑。我們囚禁小蘭，對她做了很多很多……很不堪的事情……」

父親低著頭，聲音脆弱地顫抖著。

「我知道你不會原諒我的，我也不祈求什麼，若是你要去報警，我也不會阻止你。」

此刻我看著父親，又看著被折磨得不成人形的蘭姐姐……

世界上沒有人知道蘭姐姐還活著。

從今以後，我可以為所欲為，可以盡情地占據她，征服她，擁有她；她也再也離不開我，永永遠遠留在我的身邊了……

……

……

「不管妳發生什麼事，我都會保護妳的。」我輕聲對我自己說。

我的器官興奮地充血了。

SHOW小說10　PG1691

慾之華

作　　者／阜京九
責任編輯／洪仕翰
圖文排版／黃莉珊
封面設計／蔡瑋筠

發 行 人／宋政坤
法律顧問／毛國樑　律師
出版發行／秀威資訊科技股份有限公司
114台北市內湖區瑞光路76巷65號1樓
電話：+886-2-2796-3638　傳真：+886-2-2796-1377
http://www.showwe.com.tw
劃撥帳號／19563868　戶名：秀威資訊科技股份有限公司
讀者服務信箱：service@showwe.com.tw
展售門市／國家書店（松江門市）
104台北市中山區松江路209號1樓
電話：+886-2-2518-0207　傳真：+886-2-2518-0778
網路訂購／秀威網路書店：http://www.bodbooks.com.tw
國家網路書店：http://www.govbooks.com.tw

2017年03月　BOD一版
2022年10月　BOD二版
定價：300元

讀者回函卡

國家圖書館出版品預行編目

慾之華 / 皐京九著. -- 一版. -- 臺北市 : 秀威資訊科技, 2017.03
面； 公分. -- (PG1691)(SHOW小說 ; 10)
BOD版
ISBN 978-986-326-409-5(平裝)

857.63 106001411